心にしみる日本語

極上のユーモア

中村明

青土社

心にしみる日本語　目次

心にしみる日本語　極上のユーモア

1 光線がたらたらと

【観察・描写・季節感】

岡山県の笠岡から上京した木山捷平は、金もなく知り合いもなく、職業安定所と新広告をたよりに職を探したが見つからない。暇をもてあまして、電車賃のかからない近くの監獄共葬墓地あたりを、夜となく昼となく野良犬のように歩きまわり、文学仲間の女から「道傍詩人」というニックネームを頂戴したという。貧相でも夢があり、どこかほほえましい。

「納骨堂の上の、高い欅の葉が、さわさわと初夏の風にゆれていた」。そんなある日は、見知らぬ死人の碑を眺め、自分の生まれた日に死んだひととの「奇しき因縁を微笑みながら」、一元描写論を唱え小説『耽溺』で知られる岩野泡鳴の卒塔婆を拝んで、さらに墓地の続きの坂を下ってゆく。

なかなか芽の出ない文学者の貧しかった日々のみじめな思いが伝わってくる。が、鬱屈して肩を落として見上げる先に、欅の葉が初夏の風に揺れる姿が映り、思わず心惹かれている自分に気づく。人間という気ままな生きものの、そんな心の動きに、かすかなおかしみも漂っているような気がする。

＊

次は三浦哲郎の短編小説集から、冒頭の一編『ふなうた』をとりあげよう。市兵衛の傘寿の祝いの一場面である。「傘」という漢字の略体が上下に分けると「八十」と読めるところから、八十歳を「傘寿」と呼ぶようになった比較的新しい祝いである。ひとしきり飲食のざわめきがつづいたあと、孫たちの余興がはじまった。病後はめったに口にしないシャンパンを三口も飲むともう、うとうとし始める。そんな耳に、余興の演目の「ロシアのふなうた」という思いがけないことばが聞こえて、ふと戦時中の記憶がよみがえる。

昭和二十年の八月九日の未明、ソ連空軍の爆撃があり、撤退する部隊の中隊長として後衛を束ねながら脱出を図る。十四日の暗夜、土手道の斜面にはりついて息を殺していると、遠くから狼のような声が聞こえ、近づくとロシア兵の歌声とわかる。姿は見えず、「天に谺《こだま》を呼ぶような朗々とした声だけが、エイコーラと通っていく」。

今夜の脱出が不成功に終われば「あのロシアのふならうたが、生涯の最後に聞く曲だ」と、神妙に耳を澄ました古い記憶がよみがえり、市兵衛は低い声で思わず口ずさむ。

そんな心の動きを知るはずのない周囲の人間には、口から洩れてくる低い音が呻き声に聞こえる。ピアノを弾いていた女の子は、怯えて演奏を中止する。

この行き違いも、単純に笑って済むようなものではない。読者の心に重いものがかぶさる。が、それでいて、どこか深いおかしみに突き動かされる面もある。人間の心も、人生も、考えてみると、どこかぎくしゃくして、なんだか不思議に思われるからだ。

＊

少年時代から登山を始めた作家の深田久弥の『わが愛する山々』から、北岳の頂上に案内しよう。静かな夕方、すぐ下の大樺沢の谷から薄く煙が立ち上っているのは「墜死した遺体を焼く煙」。そんな人間の営みに関係なく、「永遠の北岳」は、対岸の山の面に「大きな三角の影」を落としている。

明け方、小屋の窓から一点の雲もない富士の大きなシルエットが見える。すべての山が眠りに沈んでいるなか、太陽は金色の円盤を浮き上がらせる。富士の空から夜がしらみ、やがて「眩しい光線がたらたらと手前の暁闇の山並みを伝って流れてくる」。「たらたら」と感じられるのは、陽光が水のように降り注ぐイメージなのだろうか。

ともあれ、その無垢の太陽が今日一日の晴天を約束する。大自然の動きをこんなふうに「恩恵」と受けとる人間の営みが、どこか可憐で、ほほえましい。

＊

今度は、永井龍男の随筆『四季雑記』から、「友達の顔」と題する一編を紹介する。どうやら今年は柿の当り年のようだ。「紅葉は朝昼夕方と、日ざしによってそれぞれに趣きがあり、小さな実は朝日をうけて紅が生き、柿は夕焼空にひときわ映えた」という。

長い竹竿で落とすには限界があるので、梯子を使おうとすると、縁に立った妻が、七十七の年寄りが梯子から落ちても自慢にならないから、少しは自分の齢を考えろとうるさい。痩せた老人と小柄な老婆が、鈴なりの柿の木を見上げていると、近くの空で鴉の鳴き声がする。数日後に知人に頼んで、柿の実を取れるだけ取ってもらった。ここまではよくある風景だろうが、どうだ鴉めと、胸のしこりをはらすあたりが、いささか子供っぽい。

その少しあとに、歳時記の話が出てくる。梅や桜が「春」で、菊やもみじが「秋」なのはだれでもわかるが、どうしてその季節に入っているのかわからない項目もある。「面白いね、歳時記の冬の部に、狸や狐が入っている。冬眠同様にじっとしている奴らを、冬の部に入れているんだ」と藪から棒に話しかけると、妻は「狐は、襟巻きにされるからでしょうか」と頓珍漢な応じ方をする。永井は「巣へ帰った狸が寝酒をしている姿を、ある知人の後ろ姿と重ね」、「ちょっと猫背のところも似ているわい」とほくそ笑んで楽しんでいたところらしい。「元日の閑居」はどこか淋しく、親しい顔をあれこれ思い出すという。

『ネクタイの幅』と題するエッセイ集にある「紺屋《こうや》の白ばかま」という一編には、代筆してもらう話が出てくる。原稿用紙にはめこむ自分の書き方とは違って、妻はすらすらと続け字でペンを運ぶ。その姿に思わず見とれ、これならいっそ自分が台所に立って家事にまわったほうが能率がいいような気もする。一週間交代でもいい。そうなれば晩酌のような手のかかるものは廃止し、家事が済んでから、ひとりコップ酒でも含みつつ、頭に浮かんだ感想をメモし、一週間後に原稿書きに没頭するのはどうだろう。

仕事の分担そのものは一つのアイディアだが、どこか単純で、子供っぽさが感じられ、ほほえましい。まるまる実行に移さなかったから、永井文学が世に出たのだろう。ひいては、この名文家の文学全集が現代に残る結果となった。

＊

次に、小川洋子の長編小説『沈黙博物館』のラストシーンをとりあげよう。老衰で死んだ元外科医の耳縮小手術専用のメス、殺された年増の娼婦の避妊リングなど、「世界の縁から滑り落ちた物たち」の「醸し出す不調和に対し、いかに意義深い価値を見出す」か、死者たちがこの世に生きた証しとなる、そういう品々を蒐集して博物館にするという途方もない企画を実現したい老婆の最期の光景である。

ベッド脇には、最後まで老婆の忠実な支えだった杖がもたせかけてあり、その持ち手は黒光りし、指の形どおりに変形している。風も雪も止んで、カーテンに映る窓は刻々と色が変わる。「闇が次第に薄れ、群青色が混じり、やがてそれも縁から溶け出し」、雪の照り返しを受けて「鮮やかにきらめく朝日」が一筋、老婆の死に顔を照らす。手脚となって働いてきた男の耳で、老婆の声の名残がまだ鼓膜を震わせている。

ここにもまた、普通の意味で笑うべき要素は何一つ見あたらない。にもかかわらず、この異様な物語の全文脈をになって、読者の心の奥深く、人が生きていることの不条理なおかしみがきざすような気がしてならない。

＊

冒頭の章の最後に、サトウハチローの詩人の感覚がもたらす、意表をつくユーモアをしっとりと味わうことにしたい。『ぼくは野球部一年生』に、仲間を二人、物置にかくまう場面がある。「ここならだいじょうぶ」と声をかけると、「半分にこりとした」とあり、「ほんとは、全部したのだろうが、トタン屋根のすきまからもれてくる光が、口に半分しかあたらなかったからだ」と、芸の細かさをみせるのがその一つ。

『センチメンタルキッス』には、「夕方犬が寂しさのあまり、ひっかけた小便のしみがまだ建物についているなんて、得も言われぬよき場面」とある。「小便のしみ」などという対象に心を奪われるのは、さすが詩人の美意識だ。それがほんとに寂しさのあまりなのかどうかは、犬に訊いても確認はむずかしい。こういう尾籠な話題がしっとりとした感懐を誘いだすのはさすが詩人の文章力である。

そのずっと前に、芥川龍之介が知人にあてた手紙で、秋のけはいの漂う朝、浜でひとり小便をすると、砂を払う風が吹き飛ばし、濡れた蟹があわただしく這い出すさまを伝えた例もある。ユーモラスな情景だが、その奥にしみじみとした感懐が漂う。このように、涙と笑いが思いがけない接近を見せることもある。

2 やんちゃ坊主のあがき

【比喩・連想・象徴】

井伏鱒二は『風貌姿勢』の「中島健蔵」の項で、この評論家について、最近すっかり酒が弱くなったことにふれ、別れ際にガードレールにぶつかって倒れかかったようすをこんなふうに描いてみせた。「上半身をだらりと垂らして蒲団を干したような形になった」というのだ。上半身と下半身を折りたたんだ姿を「蒲団」に見立てた比喩表現である。通行人の紳士が二人、口をそろえて「おやおや」と呆れるぐらいだから、よほど奇妙な姿だったのだろう。

＊

山田風太郎の『あと千回の晩飯』に載っている「夜半のさすらい」という随筆にも、似たようなイメージが登場する。夜中に散漫読書散歩をするわが身の姿を、こんなふうに想像する。和室の八畳と六畳を書斎代わりに使っているが、どちらも本に埋もれて物置同様だ。そのいよいよ狭くなった空間を、真夜中、「縦に浮かせたコンニャクみたいにふらふら歩いている」と、わが身をふりかえるのだから、これも井伏の描く中島健蔵の酔い姿を髣髴とさせる。

＊

江國香織の『つめたいよるに』に、無着色の氷すいの話題が出てくる。「色もなくて味もそっけもない」その氷すいが昔から好きだったという。「さくさくとすくうと、さくさくと透明な冬の兵隊が行進するような、つめたい音がする」と続くのだから驚く。白色の氷すいをつついて掬うときに発する音だけから、「透明な冬の兵隊の行進」を想像する場面である。ここも思いがけない比喩的な連想が読者をはっとさせる。読んでいて興味をひかれ、思わず頬がゆるむ。

＊

竹西寛子は『雲』と題する随筆で、夏の終わりの入道雲には「やんちゃ坊主のあがきのようなおかしさがある。支離滅裂。破れかぶれ。滅茶滅茶」と書き、「自分にじれて地団駄ふんでいるようなおもしろさ」があると続けている。「霞か雲かと紛う淡い雲から、天の怒り、天の恨みを吹きつけたような嵐の日の荒々しい雲まで」その意匠はさまざまだが、手足をばたつかせている子供を連想させる雲はほかにはないという。

積乱雲のもくもくとした姿が、「入道」すなわち、剃髪した修行僧の頭部を連想させる、という発想だが、ここは形の連想だけにとどまらず、人の生き方にまで波及する。「片肘張って生きる者」にむかって、そんなに無理をして生きることはないよ、少しぐらいぼろを出したっていいじゃないか、と語りかけているような気がするというのだから、作家らしい豊かな想像力である。呆れるだけでなく、読者の口もとがおのずとほころびる。

『雨の路』と題するサトウハチローの詩は、「ないしょばなしのような雨が／ほんとにそっと降っていました」と始まり、同じ二行で終わる。静かに降る雨を「内緒話」のイメージでとらえた比喩表現である。耳もとで小さな声でささやきかけるように、静かに音もなく降る雨なのだろう。

また、『紅いベレー帽』という随筆には、「二三日降りつづいた雨が、溜息のようにトタン屋根をぬらしている」という例が出る。小声にもならない「溜息」というイメージだから、さらにかすかな雨を想像させる比喩表現である。

*

やはりサトウハチローの小説『長屋大福帳』に、「お加代さんは、泪をのんだ」という一文に続き、「お腹の子供の頭に、呑んだ泪は、さんさんとふりそそいだことであろう」と展開する。ここはまったくの想像にすぎないが、やはり比喩的なイメージを利かせたくだりである。

同じくサトウハチローの『母ありてわれあり』という随筆には、亡くなった母を思い出すようすが、しっとりと描かれている。小さい母はいつも茶の間のばかでかい長火鉢の前にきちんと坐っていたという。鉄瓶の湯気が母の小さな顔を包むようにぼやけさせていたらしい。自分を見る母の目がいつもうるんで見えたのは、その湯気のせいかもしれないと思いながら、今でも湯気を見ると、その向こうに母が見えるような気がする。「ちょっぴりさびしく、にじんで、ぬれて、ぼやけて……」とハチローはくりかえさずにいられない。

*

木山捷平は『薬指』と題する随筆に、作家仲間の尾崎一雄とタクシーに乗ったときのようすをこんなふうに描いている。数日前に癌で亡くなった作家尾崎士郎の臨終のようすなどを耳にしながら揺られているうちに、粉雪がちらちら降りだした。フロントガラスに当たるのをワイパーが規則正しくはじく。そのようすを眺めているうちに、「かそかな律音」が、自分も尾崎も「人間は誰でも刻一刻と墓場に近づいている事実を暗示している」かのよう思われてきたという。車中の話題のせいもあろうが、そんな連想が働いても不思議はない。

＊

藤沢周平の小説『静かな木』にはこんな場面がある。「強い西風であらかた葉を落とした」福泉寺の欅が「闇に沈もうとしている町の上にまだすっくと立って」いて、遠い西の空からとどく夕映えがさしている。その姿を眺めていた主人公の孫座衛門は、「あのような最期を迎えられればいい」とふと思う。あの時代、みごとな散り際を象徴しているのだろう。

＊

永井龍男の随筆『夕ごころ』では、「元日や手を洗ひをる夕ごころ」という芥川龍之介の句を「淑気を感じさせながら、なお言外に寥《さび》しさをただよわせている」と評している。のどかさの底に心細さを感じるのだろう。「木枯や目刺にのこる海のいろ」といった句をもふくめ、散文では「覇気に走った」この作家も、余技である句作では自分の心に素直であろうとしていることを感じとった。

散り残った枇杷の花びらが「沈んでゆく冬の西日を微塵も余さじと全身に吸い込む」と話題は飛び、初湯の話へと移る。「もう一度、新調した風呂にひたることが出来るかどうか、おのれの限られた寿命に思いの及ぶのも、近年初湯をつかう折の例」だという。

それから七年後の随筆『春の星』にも風呂の話題が出てくる。朝晩風呂に入るのが唯一の贅沢だと称していた人間が、檜の角風呂を新調するかどうか悩んだ末に、「棺桶はごく並みのでいいから、もう一度だけ角風呂をあつらえることにした」という話である。

そのあとに、「さようなら」という日本語の挨拶をとりあげる。口癖みたいなものだが、脇で聞いていると、もうこれっきり逢えないみたいな気がして、妙に淋しいというのだ。言われてみれば、たしかに心細さを感じる。

*

いつ何を思い出すかは神秘的で、当人の自由にはならない。大学教授で小説家の小沼丹は、『障子に映る影』という随筆を「冬の日、障子に陽差《ひざし》が落ちているのを見ると何となく落着いた気分になる」と書き出し、「穏かな午後の陽差が、白い障子に冬枯れの樹立の影を映しているのを見るのも悪くない」と続ける。そうして、「そんなとき、ひょっこり遠い昔の記憶が甦ることがある」と書いている。

それと呼応するように、一編の最後に、「障子に映る樹立の影を見ていると、古い記憶が思い掛けなく顔を出すことがある」と記し、「それは障子に映って消える小鳥の影のように、心の窓を掠めて消えて行く」と静かに結ぶ。思いがけないときに障子に映る鳥影と同様、思い出もはかなく消えて、人間の自由にはならないという事実を、絶妙の比喩を駆使してしっとりと綴った作品である。

3 裏側の抜け道

【発見】

夏目漱石の随筆『変な音』から入ろう。胃潰瘍で入院したときに聞いた音と、立てた音である。一等の病室にいるのは、あと食道癌の患者と胃癌の患者で、どちらも長くはもたないらしい。以前、病室で大根を卸すような妙な音が気になったので看護師に聞いてみると、あれは足が熱《ほて》るという患者のために、汁で冷やすために胡瓜を擦っていた音だという。

逆に、毎朝六時ごろに聞こえてくる音は何かと訊かれ、自働革砥《オートストロップ》で安全剃刀を研ぐ音だと説明する。朝起きて運動する音だろうと羨ましがっていた隣室の病人は、直腸癌で疾うに亡くなっているという。

そういえば、「胃癌の人は死ぬのは諦めさえすれば何でもないと云って美しく死んだ」。そんなことを思い出しながら、「胡瓜の音で他を焦らして死んだ男と、革砥の音を羨ましがらせて快くなった」自分との相違を「心の中で思い比べた」という。運命のいたずらとしか言いようがない。

＊

小津安二郎と親しい作家の里見弴が、監督たちと打ち合わせのうえ、映画『秋日和』とは別に執筆した小説『秋日和』の中に、「真平御免」と「まんざらでもない」という二つの表現の関係に言及した一節が出てくる。一見、意味が正反対でありながら、存外、そうともいえないつながりが残されているというのだ。「ちょいとした極と極との隔たりだが、存外近い抜け道が、裏側のほうについている」ような気がするというのである。

未亡人になって何年か経ち、再婚話が持ち上がった折の反応が話題になっているのだが、どういう態度をとってみても、そういうわりきれない気持ちがどこかにひそんでいるのかもしれない。ことばの意味と気持ちとの関係は、すっきりと杓子定規にはいかない面があるのを、それとなく示唆しているような気もする。

＊

井伏鱒二の随筆『鶯の巣』に「その日の天候がくずれる朝は、小鳥の鳴声は必ず甲高くきこえます。そういう日には、富士山は不断よりも高く見え、しかも全体の感じが、いかつくなり、そして次第に雲を呼び、ついに雨になります。こんなときの富士は全く姿が雄渾です」という一節が出てくる。

同じく井伏の随筆『折々艸紙』には、酒場で給仕の女に釣りの話をすると、「あたくしの父も釣が大好きでした」と応じることがよくあり、この比率からみると、「飲屋の女中は釣好きの父親を持っているのが多い」と結論づけているのがおかしい。商売上、客の話にあわせる傾向があるというのが実際だろう。井伏さんが好きな将棋の話を出せば、統計結果はおのずと違うような気がするからである。

また、「泊鷗会」という随筆には、いろんな人の逸話が出てくる。島崎藤村や北村透谷と親交のあった『文學界』同人、英文学者の馬場孤蝶に半切の絵を描いてもらう話もある。勢いのいい筆触で、斜に立てかけた三味線の絵に「一葉の住みし町なり夕しぐれ」と自讃してあったという。樋口一葉の日記に、馬場孤蝶は美青年だと書いてあるというが、どうやらその町をさすらしい。「三味線の絵だから、吉原花街に接する龍泉寺町だろう」と井伏は推測する。井伏自身を含め、日本文学史に登場する作家たちのこのような逸話を読むと、どこかほほえましい気持ちになる。

長編エッセイ『荻窪風土記』には、この作家の並外れた観察力がうかがわれる。もともと関心が広く、自分の家の庭や近くの庭木だけでなく、列車でどこそこの駅を通るときにすぐ左側に見える樹木の名を鉄道会社に問い合わせるほどだから尋常ではない。近所で新築の家の工事が始まると、現場に椅子を持ち出して見物するらしいから、作品中の描写はみずから観察して得た豊富な知識を土台にしていると思われる。

この作品には、関東大震災の惨状を自分の目に焼きつけるために、干上がった濠にちらばる死体を観察した結果、男の骸はうつ伏せに、女の骸はあおむけになっており、男女の違いを発見したとも記している。これなどいささか神秘的すぎて思わず口もとがゆるむ。

＊

神秘的な縁で、『夢殿の救世観音』と題する広津和郎の随筆に移ろう。微笑を浮かべているようないないような頬、「崇高」というよりは「肉感的であり、地上的であり、われわれの直ぐ側をそのまま平然と歩いている」ようだが、そういう人間的卑近感に溺れかかると、微笑を投げかけて、今度はどこまでも高く昇りそうな気高さを見せる。

複雑で酸いも甘いも知りつくし、清濁併せ呑む。過失を経験し、煩悩の記憶も持ちながら、「そのまま雲の上まですっと昇って行ってしまわれそうに気高く、清純で、透明」なのだから、驚嘆せずにはいられない。

「人生の労苦煩悩の全体」を「静かな微笑でゆるしているような大きさ」と、筆者の解説はどこまでもたゆたいながら進行する。現物を拝観していない読者には、その筆を極めた感動の奥にひそかなためらいが響き、どこかもどかしい。

＊

尾崎一雄は『いろいろの死』という随筆に、家族の死に立ち会ったさまざまな思いを綴っている。一編は「人間が、いよいよ死ぬ、呼吸《いき》を引きとると云う刹那の有様を、よく見て置きたいと思ったことがある」という一文で始まる。作家としての覚悟もあろうが、たびたび人の死の場所に居合わせながら、死の刹那というものが印象に残っていないからだという。

祖母は強情な気性で、自分の病気を死病だと薄笑いしていたが、大して苦しみもせず、いつのまにか冷たくなっていた。母が死んだのは自分が九つのとき、早く早くという声で駆けつけると医者が手を握り、みんなが顔をのぞきこんでいたが、動いていないようだった。

自分が十三のとき、中風で寝ていた祖父が死んだが、よく覚えていない。十八九のころ、生まれて間もない弟が死んだ。月足らずで生まれて初めから弱かった。母と代わる代わる抱いて顔をのぞきこむと、開いた口でかすかな呼吸をしていた。

父が死んだのは自分が二十二のとき。眼をつむったまま大きな声で何か云いつづけていたが、意味はわからない。四人の子供を置き去りにすることが気にかかっていたのだろう。ふっと呼吸がとまったと思うと、大きな呼吸をした。

自分が二十四のときに肋膜炎にかかり、その療養中に、上の妹が腎臓炎で死んだ。尿毒が頭に来て視神経を犯され、歩いている人が逆さに見えることもある。「逆さに歩いてはいや」と言われるのはつらかったらしい。看病に全力をつくしたが助からなかった。死の瞬間は記憶にないが、母が泣きながらアルコールで拭き、紅や白粉で化粧している姿は記憶に残っている。

三島大社の宮司を退いて楽隠居となった母方の祖父と碁を打っていたら、手番なのにぐずぐず碁石を額やこめかみにあてたりしていつまでも打たない。頭痛がすると言っているうちに舌がもつれて言葉が怪しくなり、その翌朝、脳溢血で命を引き取った。その一週間後に大地震が発生、親しかった近所の代議士が老妻もろとも圧死。

こう見てくると、人間の死はちょっとしたことに左右されるらしい。震災にしても、あの折に家の東側に逃げていたら母も自分も助からなかったはずだし、女学校にミシンを習いに行っていた妹はとっさにミシン台の下に隠れ、少し鎮まったところで階段を降りようとしたら鼻の先に校庭があったという。どかんと来た拍子に二階がそのまま階下になっていたわけで、もし階段を降りようとしていたらとうてい助からなかったはずだ。

生きているからこそいろいろな体験ができ、退屈しない。死について語りながら、生きていることのありがたさ、悦びが生き生きと伝わってくるエッセイである。

*

木山捷平の随筆に移る。『文壇交友抄』に、文壇の先輩蔵原伸二郎からもらった机で、蔵原の思い出を綴った一編が載っている。医者の誤診で風邪と言われた病気が実は白血病で、北里研究所の附属病院に入院した際、見舞いに出かけた折のエピソードである。

面会謝絶の表示が出ていたが、奥さんの許可で病室に入った。重病人ゆえ当人と話すことは禁じられており、奥さんと小さな声で話していると、耳が遠くなったので何を言っても聞こえないという。帰り際に奥さんから握手してやってくれと言われ、痩せ細った手を握ると、蔵原は握り返し、「酸素がうまいよ」と繰り返した。大きな酸素ボンベからゴム管づたいに吸っていたのだ。日ごろそんな経験をしない読者には実感がわかないが、ひとつの発見で、悲惨ながら想像はできる。

もう一つ、『椎の若葉』という随筆にふれよう。所用で青森県に行ったついでに碇ヶ関温泉に立ち寄った折のこと、まずは一風呂浴びようと、地下室のような暗い浴室に下り、板敷きの流し場から木の枠の湯ぶねに降りて、ひとり浸かりながら、明治の気分を味わったという。

風呂から出て部屋に入ると、すぐ電気を消した。礼儀という気持ちとは少し違うが、なぜかそうしたと、宿の女中に言うと、「ここは温泉ですからね」と応じ、「夏になって電気を消すと川で鳴く河鹿の声がいっそうよい声で聞こえる」と続けたという。このあたりの、わかったような、わからないような気持ちの流れも、どこかおかしい。

徳川夢声の『伊勢路の旅』という随筆に「牛とビール」という話が出てくる。松阪牛の本場の店で聞いた話らしい。美味いと判定した牛を仕入れて暗闇の中で飼い、お粥ばかり食わせる。食いたがらなくなるとビールを飲ませ、それにも飽きるころになると、尻尾に蠅がとまっても尻尾で追わなくなる。それが落とすタイミングだという。「牛自体が完全にご馳走状態」になったからで、「牛先生がビールの酔いで陶然となってる図は」憐れにも滑稽だとある。人間の残虐さに呆れながら、笑いを誘われることも否定できない。

＊　　　　＊

まったくの偶然それ自体が滑稽なこともある。永井龍男の『武道館界隈』に「東京という土地には所々に奇妙な取合せ」があって、「九段坂を上り切って右が靖国神社の大鳥居、左手に少し入ったところに近衛の兵営入口」があったらしい。「靖国神社の反対側を一と側入ったところに、富士見町という花柳界があった」から、神社と兵営と花柳界が隣同士になっていたことになる。遊廓のそばで三味線を売っていて、近所に小唄の師匠が住んでいるのと違い、この兵営、神社、色町という取り合わせは、指摘されるといかにも珍妙に響く。

『今日出海を偲ぶ』と題する追悼文をとりあげよう。今東光の弟でともに直木賞作家だった今日出海は、永井と鎌倉で五十年に及ぶ親交のあった相手らしい。入院中に自分で点滴をはずして勝手に退院したこともあり、とかく逸話の多い人物だったようだ。「俺がいない俺の御通夜なんてものは、何か考えてみるととても不思議だなあ」と家族にもらしたこともあるという。よくそういう発想が浮かぶものだ。入院中に、娘がアイスクリームを買って来て、「お父さんの好きだったアイスクリームを食べましょうよ」と勧めると、微笑を浮かべて「そうだよ俺も生きてるうちは好きだったんだけどね」と応じたというのである。「生きてるうちは」という発想はいったいどこから湧いてくるのだろう。永井はそれを「心のやさしさ」が「柔かく細かな思い遣り」となって、「近親への訣別の言葉」となったものと解し、「骨身にしみ」たと述べている。

＊

山田風太郎の随筆『夜半のさすらい』の別の箇所を引用しよう。「小学三年の八割はサンタクロースの存在を信じ、五年の八割は信じていないそうだ。四年生はその境目の哀しい年齢」だとし、「思うに人生は、夢や幻想がさめてゆく過程だ」と、残酷に概括する。「親は子に対して、子は親に対して、夫は妻に対して、妻は夫に対して」と各論を展開し、「税金を払うときは国家に対して、死床にあるときは医者に対して」と深刻になってゆく。

軽い話題でつくづく納得することもある。「ライスカレーに福神漬、イナリずしに紅ショーガ」というカップルに落ち着くまでには「熾烈な争闘」があったと推測する。「ザルソバをどんぶりに盛られても困る。ライスカレーを重箱で出されても困る」と続く。たしかに異様な感じがして、想像するだけで笑ってしまう。「ライスカレー」が「カレーライス」に華麗な変身をとげた現代でも、グラスに盛られたら面くらう。容器が味覚に関係するこの神秘は解明されていない。

＊

ファーブルの完訳で知られるフランス文学者で作家の奥本大三郎は『蝶の唖《おし》え』という著書で、真っ白な蛙を紹介している。交配を重ねて誕生した新種ではない。製粉工場に紛れ込んだ蛙が、「まわりの粉に体外、体内の水分を吸われてしまって乾燥しているところを発見された」もので、「白いカエルの即身仏」のようだったとある。「木製の置物に白いペンキでも塗ったような感じ」に見えたという。これも残酷ではあるが、どこか滑稽で、読んでいておのずと唇がゆるむ。

＊

十九世紀前半の英国のチャールズ・ラムは『エリア随筆』の中で恐ろしい告白をしている。全面的な禁酒と、生命を縮める大酒の間に中庸の道はないものであろうかと自問し、自らの体験上それはないと明言している。

「酔っぱらい独特のあの卒中みたいな前後不覚の眠りを催すにいたる分量の一歩手前にとどまる」ということは、「一滴も酒を飲まないのと同じ」だという。「酩酊を通してはじめて理性が訪れてくる」のであり、「酒飲みは素面の時ほど彼の真面目を失する時はない」のだと論じている。逆説じみて聞こえるが、あの酒好きの残した数々の名エッセイを読むと、単純に笑い棄てるわけにいかなくなるのがおかしい。

＊

最後は十九世紀後半のロシアの小説家、劇作家、アントン・チェーホフの逸話。自分は南部の人間だから怠け者、怠惰はエーテルのように酔わせる、こんなに怠けられるのは天才だ。そんな自慢をしていた当人が、コントを一八八三年に七十七編、翌年には五十、その翌年に八十五、次の年は九十八編も発表している。小説の数は五百八十八編に達するという。怠惰の風情が好きで、そう見られることを楽しんでいたらしく愉快である。

4 回診は一秒

【誇張】

北杜夫のユーモア小説『さびしい乞食』には、ハチャメチャな記述が続出し、笑いが絶えない。「御貰《おもらい》家は由緒ある乞食の大親分」だ。日頃は大邸宅に住む「本物のブルジョア」で、「白壁の大きな蔵が三つ」もある。収納物は「穴があいてボロボロの、埃にまみれて臭気を発する乞食用の礼装」で、それが「数百着」もある。「乞食業に出かける」ときに、その「オンボロの礼装に着かえ、温室で飼育しているシラミやノミを何匹か」くっつける。その「シラミやノミに血を与えるため、用もない下男が数名も雇われている」とある。

物語が始まっても、オレンジを三つ盗んで死刑になったとか、医者が「目ん玉がとびでるほど高え」から、「そこらじゅうにとびだした目玉がゴロゴロ落っこちてる」などという調子で展開する。この種の駄法螺《だぼら》や極端な誇張が読者の呆れ笑いを誘うのはわかりきっている。明確な誇張でなくても、そういう雰囲気を感じるだけで、おかしみが漂う。

低温科学研究所の所長で、雪の結晶の研究で名高い中谷宇吉郎は、寺田寅彦と同様、科学者にして『立春の卵』など随筆の名手でもある。ここでは、アメリカ紀行を含む『花水木』をとりあげる。書名となった「花水木」について、後書きでこんなエピソードを記している。「水木」は水分が多いところからの呼称で、遠望の美しさからか「燈台木」とも呼ばれる。海棠の色っぽさと山茶花の寂びとを兼ね備えていると、俳人の讃にあるらしい。版画、装丁で名高い恩地孝四郎画伯は美術館通いの路すがら実生《みしょう》の花水木を拾って持ち帰り、「僕が死んでから花が咲きましょう」と、中谷に短信を寄せたという。

「アラスカ通信」に、ノーケ博士に紹介されたワイラー氏の逸話が出てくる。地理の教授を引退して、今は狩猟と魚釣に打ち込んでいるという大柄なスポーツマン姿。釣りに出かける準備で部屋が道具だらけになっている。ひとわたり片づいたところで応接間に移り、よく冷えた缶ビールを飲みながら歓談。

ワイラー氏は話のスケールが違うので度肝を抜かれる。魚を釣るといっても、釣堀や近所の川ではない。アラスカ半島のほうへ鱒釣りに行くので、日本へ明日お帰りならアンカレージまでご一緒しましょうと誘われ、驚いて、どこまで釣りに出かけるのかと問うと、アラスカ半島の方へ鱒を釣りに行くと、地図を取り出す。ここのイギギクを中心にして周囲の沼沢地方を釣をしながらまわるとのこと。それはもう大変な距離で、もちろん汽車などないから、水上機を使うと平気な顔で話す。

圧迫されかかって、雪なら日本がすごい、北海岸では五メートルも積もると自慢げに言うと、アラスカの万年雪で覆われている地帯では一度に十メートルも積もると撃退される。日ごろ若い学生に「世界を見る眼が大切だ」と教えている身として、いささか冷や汗もので、北陸や北海道の雪もあまり自慢できないと反省した。たしかに、スケールが違う。相手は別に誇張しているわけではないが、聞いている側としては、そのスケールに圧倒され、呆れておのずと唇が割れる。

＊

「牧野信一」と題する井伏鱒二の随筆は、この先輩作家のいじめっぷりのすごさを懐かしむ作品だろう。酔ってくると厳しく、相手が泣き出してもやめない。「おい、今月号のあんたの小説、読んだよ。ちょっとよかったね」と切り出し、「一生懸命に書いても、たったあれっぽっちか」と方向転換をして、「チェホフの真似のつもりかね。題だけはゴーゴリの真似のつもりかね。おめえ、それで小説を書いてくつもりか」と迫る。悔し涙が出ても、相手は、こちらがぐうの音も出ないまでやりこめる。

鶴巻町の喫茶店で油をしぼられているときは、店に谷崎精二が入って来たという。谷崎潤一郎の弟で、のちに早稲田の文学部長を務めた人物だが、牧野はそれでも後輩いじめをやめない。見かねた谷崎先生が「なんだ牧野君、葛西善蔵の真似じゃないか、そっくりだ」とたしなめて、ようやく口をつぐんだという。

井伏は、久保田万太郎に連れられて浅草の料亭に行った折も、河上徹太郎らの前で、牧野に「こてんこてんにやりこめられ、わあわあ泣きながら外に駈け出して」通りかかった魚河岸行のトラックの上に便乗し、夜中の三時ごろに河岸で降りたらしい。別れ際に魚屋は、間もなく夜が明けるから、松島ででも一杯やって気分をなおすんだなと言う。アンコウ鍋がうまい店で、江戸の名残を感じさせる年配のかみさんがいたという。

＊

木山捷平の『酔いざめ日記』は、二十九歳だった昭和七年元日から、四十三年八月二十三日に死去するまでの記録。最終日の分は、みさを夫人の手になるものと思われる。

昭和十四年八月二十日の日記に、『文藝春秋』で芥川賞の選評を読むとあり、「撰者たちは神様にでもなったつもりで書いている」とある。具体的に「宇野浩二のタヌキまで悪口を書き居る。ひいきのひきたおし、という奴だ。腹がかきむしられるようだ」という痛烈な筆致も見える。

昭和二十年三月十日の分にも、「俺はのんでのんで死ぬるぞ。お前なんかナマイキなことばかし言って俺をくるしめたな」とあるが、「そうでもないか。お前は亭主おもいだからなあ」と続く。

昭和三十九年二月二十四日の分には「新庄嘉章（早大仏文の教授）泥酔して握手せり」とあり、「指、ボギッと鳴った。この音浅見君もきいたといっていた。ひどい痛みを感じて帰宅」と続くあたりも、かなりおどろおどろしい筆致に思われなくもない。しかし、体調を崩し病院を転々とすると神経が苛立つのか、文面が次第に荒々しくなる。

作家の中山義秀が手術を受け、癌の手術では中山公明博士が世界一と称したと伝え聞いたあと、木山自身も東京女子医大消化器センターで受診し、「中山博士の診断は一分間ほどで終る」と記したあとに、「ガンセンターに入ったものは皆死んだ、ここに来た人に死んだ人はいない」と大声で言われたことを添えている。夜の回診の際に中山博士に「病院生活を書いて金をもうけて」と言われたとも日記にあるが、七月十二日には「中山教授回診。汗をふきながら「やあやあ」と例のごとく足早く去った」とある。

八月九日の日記に至ってはなんと、「中山教授回診は一秒くらい」と記してある。それほどにあっけなく終わったのだろうが、一秒の診察というものが可能かどうか、考えてしまう。あるいは、「コバルト中止」という意味不明のことばがショックだったのかもしれない。

＊

次は評論家、英文学者で小説も書いた吉田健一、あのワンマン宰相吉田茂の長男である。ここで紹介するのは『満腹感』と題する随筆だ。「食いしんぼうでだけはありたい」とし、「食うのが人生最大の楽しみだということになれば、日に少くとも三度は人生最大の楽みが味える」と、実に論理的だ。

戦争中はきわめてみじめで、店がたくさん並んでいても、大部分は「休業」という札がぶらさがっている。「営業中」とある店でも、昆布茶にみかんがひときれ。ところが、支那料理の店で魚や野菜を油で揚げたのを売っているのを見つけ、むさぼるように食った。「腹の中が久し振りに温いのが、何とも言えなく頼もしくて、自分にも嘗《かつ》ては青春があった」という気分になったという。

あのころの腹の減り方は、数字であらわすと「零下何十度」にもなり、「満腹感」という言葉が発明されたことでもわかる。国民にその満腹感を与えるために生まれた国家的施設が「雑炊食堂」だという。帝国劇場の地下室にそういう店が開店し、列を作って中へ入ると、大きな丼におじやのようなものが入っていて、二杯までいいという。水分をたっぷり含んだものを流し込まれるから、腹は重くなるが満ち足りた感じはまるでない。

そのうち、人気がなくなり、何杯食ってもよくなったころ、二杯ずつ四軒まわった。八杯食うと「筆舌に尽し難い」気持ちになる。「下を向くと危いので、なるべく顎を上にして重い足を引きずると」、腹の中でおじやがごっぽんごっぽん揺れる。

＊

これらのどの例も、書き手の実感をはっきりと誇張していると断言はできないが、事実をおおげさに扱う姿勢が、読者の可笑しみを誘っていることは事実だろう。もう一つ紹介する作家の安岡章太郎の、絵に対する感動も、そういう意味での滑稽な雰囲気を湛えているように思われる。『わたしの20世紀』という著書から「毀される風景」と題する一編をとりあげよう。

昭和十六年の二月、今さら受験の問題集や参考書を眺める気になれず、日本橋の三越に荻須高徳の個展を見に行った。荻須が佐伯祐三の弟子であることも知らずに出かけたのだが、ユトリロの原画も知らない身で、無心に眺めているうちに、「眼を洗われる想いで、感動していた」という。

作品の大半が小ぶりの風景画で、都会の裏街や露地裏の寂れた店先。「毀れかかった鎧戸や扉、汚れた窓や壁に塗りたくったペンキの刷毛の跡」が何ともいえず美しく見え、芸術の力や画家の観察眼に驚いたという。「美意識の世界が引っくり返るような幸福」を覚えたらしい。この得がたい瞬間の感動を描いた文章、意識的な誇張はないであろうが、まことにほほえましく、読者の頬も自然に緩んでくる。

5

靴屋と文学者

【奇想・矛盾・逆説】

尾崎紅葉と並んで「紅露時代」を築いた幸田露伴が、日清戦争後に一時、文筆ならぬ製靴会社を興した。その折、新聞で「そも文学者と靴屋と何の因縁がある」と皮肉られたという。今日ならマスコミの餌食になりかけたところだが、文豪はまったく動じなかった。「文学者と靴屋」と並べれば妙な感じがするかもしれないが、「靴屋と文学者」とすれば妙な感じは消えると応じたという。まったく動じることなくあざやかに切り返したわけだ。

語順を変えただけで、なぜ奇妙な雰囲気が消えるのだろう。文学者が靴屋に関心を持って自分で開業するケースよりも、靴屋の人間が文学作品に興味をもち、自分でも書いてみようと思うケースのほうが考えやすいのかもしれない。が、語順を変えただけで意味やニュアンスが変わってしまう理由は、依然としてよくわからない。理屈はわからなくても、なぜかたしかにそんな気がするから不思議で、つい笑ってしまう。

＊

内田百閒は『学生の家』という随筆で、こういう逆説的な教育論を展開し、読者を煙にまく。そもそも役に立つことを教えるのは堕落の一歩であり、「社会に出て役に立たぬ事を学校で講義するところに教育の意義がある」という。厳しい学校では、昼休みに芝生を踏んだだけで楽しいし、だらだらした学校では、どこまで緩めても満足しない。ある意味での正論を展開する。

ぎゅうぎゅう詰め込んで、どんどん忘れさせる。全部覚えておこうなどというケチな根性を棄てさせる。乱暴なようだが、忘れることは、知らないこととは違う。「忘れた後に本当の学問の効果が残る」という。まるで知らないのと、知ってから忘れるのとは、たしかに違うが、「忘れた後に大切な判断が生じる」という展開は論拠がわかりにくい。それでも、たしかにそんな気がするから、おかしい。

＊

井伏鱒二はよくはぐらかす。『陣痛時代』という雑誌のことを書く際にも「早稲田の級友十数名が同人として集まって、八箇月ばかり刊行した後に」のあと、自分をのぞく全同人が左傾して、雑誌の名前も改題したことを記し、下宿まで直接《じか》談判に押しかけて来たことを述べる。そして「言を左右にして左傾することを拒み」、改題した雑誌が発刊する前に脱退したと記す。

左傾しないと文化人ではないという風潮が激しくなった時代だろうが、ここでの話題はそういう時代の趨勢ではない。それほどまでに抵抗しながら、「私が左傾しなかったのは主として気無精によるものである」と、はぐらかす井伏の書き方だ。

主義として真っ向から反対する気概を示すどころか、何となくそういう気になれずという心理的な要因をおくびに出すことさえせず、なんと「主として気無精によるもの」と問題をそらし、「非常に怠け者であった」と展開する筆致である。後年の井伏文学に色濃くあらわれる照れ隠しの手法につながる、井伏流のはにかみと解したいのである。

＊

木山捷平の『文壇交友抄』でも、どこまで本気かわかりにくい記述が見え隠れする。伊馬春部を病院に見舞った折の流れも、その一例。「人格円満、思想穏健」でも「怪我は別物」として、銀座のバーの階段でころんで骨折した「伊馬の泣き面を見てやろう」と出かけたが、相手はけろりとして、「棚にウイスキーと日本酒とビール」があるから好きなのを飲めと、いたって元気だから拍子抜け。

病気見舞いで酒を飲むのはどうかと思って、ウイスキーを飲んでいると、じゃんじゃん電話がかかってきて、しかも長話。長話をするのは髪の長い人間に相場がきまっているときと続くが、このあたりも読者はわけもわからず笑ってしまう。

＊

今度は川端康成が『末期の眼』という随筆で芥川龍之介にふれた箇所をとりあげよう。芥川ほどの作家が「二年ばかりの間は死ぬことばかり考えつづけ」ながら、なぜ『或旧友へ送る手記』のような遺書を書いたか、心外で、「死の汚点」かとさえ思っていたが、この文章で芥川が自分は凡人だと言おうとしていることに気づいて納得したらしい。

今、自分の住んでいるのは、「氷のように透み渡った、病的な神経の世界」だが、自殺がいつ決行できるかはわからない。「自然の美しいのを愛し、しかも自殺しようとする僕の矛盾」を笑うだろうが、美しいのは末期の眼に映るからだというのである。あらゆる芸術の極意は、氷のように澄み渡ったこの「末期の眼」だと、川端ははっと気づいたのかもしれない。

＊

作家坂口安吾の随筆『ラムネ氏のこと』に移ろう。三好達治の家で会食中、小林秀雄が、ラムネの玉が蓋になるのを発明したやつはと言いかけると、三好が名前はわかっているとロをはさむ。「ラムネ」は一般に「レモネード」のなまりと言われるが、実は発明した人の名前から来ていると三好はフランス語の辞書を引いてみたが、出てこない。一座が笑いに包まれると、三好は憤然として決戦を後日に残した。後日、坂口が別の辞典を引いてみると、「フェリシテ・ド・ラムネー」という哲学者なら載っていて、顔が小林秀雄に似ているという。十八、九世紀の哲学者らしいが、ラムネを発見した件は出ていない。

＊

その三好達治が『梶井基次郎の三十三回忌を迎えて』として記した挨拶をとりあげよう。「あれほど仕事を徹底的に大切にする男」が、あれほど体をぞんざいに取り扱ったことに驚く。梶井は「隣の部屋からある晩私を呼びよせて、葡萄酒を見せてやろう」と言う。コップの中にあるのは「葡萄酒に似た液体」、喀血して自分で眺めていたのを君にも見せてやろうというのだ。

なかなかの思いつきだが、「何もかもバカにした」ように思えてならない。これが、以前、志賀直哉の小説七、八十枚を清書したのを両手に捧げるようにしながら、「何もかもよく納得がいく」と語った人間かと、三好は痛恨の思いに沈む。

＊

徳川夢声の『こんにゃく日記』に、早稲田の大隈講堂で開かれた落語研究会のことが載っている。桂文楽、三遊亭円生、柳家小さん、桂三木助といった大家が演ずるのは、それが石川栄耀教授の追悼の催しだったからである。石川博士は落語研究会を発展させただけでなく、学生の落語の指導もし、また自ら演じてみせた。青山葬儀場での告別式では、柳家小さんが霊前に「粗忽長屋」の冒頭部分を供えて供養したらしい。夢声が「ゆうもあ・くらぶ」の会長に就任したのは「石川博士の脅迫」によるものという。博士は「六大学落語リーグ戦」を企画していたらしいが、夢声は「落語早慶戦」を期待するとして一文を結んでいる。

＊

次は柳家金語楼の『あまたれ人生』。薬局で下痢止めを買うときの記述に、「髪の毛と同じような薄っぺらな財布から」とあるのは、当人の頭がおおかた禿げ上がって生え残っている髪の毛がわずかなのを自虐的に扱った比喩表現である。

そのあとに「人間はくだらないのに、よくお腹のくだる人」と続く部分は、評価の「くだらない」という形容詞に、下痢の意の「くだる」という類音の動詞を対置させた例。

こんな話も載っている。据え風呂を掃除したあと、伏せてあるのを見て、この風呂は入るところがないと客が不思議そうな顔をするので、家の者がまともに戻して見せた。すると、「何だ、底も抜けてる」と驚く。こういう並外れた慌て者も落語の常連だ。いずれも、手軽に笑いをとる常套手段である。

＊

くだったあとは、レベルを上げて頂上をめざそう。深田久弥の『わが愛する山々』のうち、「天城山」の項に出てくる富士山の印象を紹介する。夜が明けるとすぐ出発するつもりで寝たが、ぐずぐずしているうちに七時を過ぎ、サンドイッチをほおばってロッジを飛び出した。すると、ほどなく遠笠山が見え、山道が二つに分かれて、一方に近道と表示がある。日頃は「近道」というものを好まず、「フランス語捷径」といった本も手に取らない主義なのだが、この日ばかりは、遅れを取り戻すため自説を枉《ま》げたという。なるほど近道だけに、急だがすぐ高みに出て、「振返る正面に、上半身真白になった富士山が見える。裾を靄に」包まれ、「山腹に宝永山の爆裂火口がアングリ大きく口をあけている」。

どんな山にも一癖あって、それぞれに個性的な魅力をなしているのだが、富士山だけはただ平凡で大きい。それぞれの「小天才」の山たちが「俗物め!」と口惜しがっても、その「大きな包容力」にはかなわない。富士を見るたびに、深田は「偉大なる通俗」という気がするという。「偉大」と「通俗」というふつうは両立し得ないことばが連続するこの表現は刺激的だ。矛盾に近い違和感が、それでも説得力をもつ神秘。そこに得も言われぬおかしみが漂う。

＊

童謡、童話、ドラマ、小説、評論と幅広い活動を見せた阪田寛夫の『庄野潤三ノート』をとりあげよう。庄野が『プールサイド小景』で芥川賞を受けたころを振り返る。「主人公は、早く会社を出た朝、誰もいない事務所の椅子の背に、そこに坐る人間から滲み出た油のようなしみを見る」とか、「白い封筒がビルの暗い廊下の透明な郵便受けの中を通り抜けて行くのを、淋しい魂の落下のように見る」とかといった表現を引きながら、作者の会社勤めの体験が投影されていることを指摘する。

そして、「見る人と見える物とが、日常という画面に静止して配置されることで、その位相の裂け目が」はっきりと提示されているとし、庄野のこの小説が「生活らしい生活」という「日常にひそむ深淵」をさりげなく描いたことへと筆が伸びる。こういう違和感という重い話題も、ぞっとするような笑いにつながるような気がする。

＊

藤沢周平の小説『静かな木』のラストシーンは「さくらのつぼみがふくらみはじ

めたところ、間瀬家には初孫が生まれた」と始まり、「生きていれば、よいこともある」と、主人公の孫座衛門が「ごく平凡なことを思った」と続く。そうして、そういう人事から、「軽い風が吹き通り、青葉の欅はわずかに梢をゆすった」という風景描写が流れる。作者はそこで何も説明していないが、読者はそれをごく自然に、主人公の眺めた風景として読むだろう。それが文学の奇妙な実態である。

＊

英文学者で随想の評価も高い福原麟太郎は、『人生の幸福』と題する一編に、こんなことを書いている。昔は東京の街もまだ舗装していなくて、雨が降るとお汁粉のように泥んこになった。そのころ、上野広小路が沼のように見えた午後、むしゃくしゃして、そこにごろんと倒れて寝てやろうと思った青年がいたととぼけて書き、それは自分だと続ける。

不信心で、神仏の存在を認めないけれども、困ったときには神仏をたのむに限るから、一所懸命に祈るという。「俗物」で結構、君も僕も、人間は、そんなふうに「愚鈍不明」をきわめているから、友達になって一緒に飲もうよと、チャールズ・ラムは考えていたらしい。福原はこれも一種の「無常観」だという。

＊

ロジェ・グルニエの『チェーホフの感じ』という本に、こんな逸話が紹介されている。医師でもあったチェーホフは、夏休みにも死体の解剖をさせられ、そのころの手帖に「死人は恥を知らないが、ひどい悪臭を放つ」と記したという。これは人間の虚栄心の寓意ともなりうると、著者はどきりとするようなことばを添えている。

これらの例のいずれも、かすかな矛盾感、どこか奇妙なところがありながら、それでも人の心を揺らす、そういう微妙な雰囲気が漂っている気がしてならない。

6 お祖父さんの時計

【想像】

小説家である井上ひさしは、語学的な論評でも擬人的な記述をくりひろげる。『私家版 日本語文法』と題する著書で「敬語はまだまだ御壮健であらせられる」と書き、『自家製 文章読本』でも、日本語でローマ字が普及しない一因として、アルファベットのa、i、u、e、oという文字が「まるで申し合せでもしたように中肉中背である」ことをあげている。いずれも、ことばや文字を人間並みに扱った表現である。

サトウハチローの小説には、根が詩人だけに、あれこれ想像をかきたてる表現が頻出する。『おさらい横町』には、「御飯は身も心も焼きこがしていた」という表現が出てくるし、『子守唄クラブ』には「ビスケットだって、落ちついたクリーム色のワンピース」という表現が出てくるし、「キャラメルは小型アパートに住んでいる感じだ」ともあり、「ブルは二言目をうなった」と犬を人間めかす表現も登場する。

『俺の仲間』でも「詩と一緒にいたって、おまんまもたかないし、洗濯もしない」と、「詩」という文学ジャンルを「妻」(昔なら)なみに扱う。『センチメンタルキッス』でも「蚤」の動きを「引越し」ととらえ、「敷金も権利(金)もない」と借家のような記述だ。

『僕の東京地図』でも「早中のほうでは僕にすげないそぶりをみせたが僕は早中を愛し、早中と同棲していたかった」と擬人化して、早稲田中学に同棲相手並の愛着を示す。『青春列車』でも「補欠はポケットにちゃんとござる」と、予備の眼鏡を野球の控え選手として扱うほどだ。

＊

映画の名脇役として活躍した沢村貞子は、随筆の評価も高い。『私の浅草』から亡父を偲ぶ『極楽トンボ』をとりあげよう。芝居の裏方たちは旅に出ると土産によく神や仏のお札を持って来る。それほど信心深いわけでもないのに、父はそういうお札が好きだった。毎朝、神棚に燈明をあげて拝むのだが、祝詞だかお経だか、よくわからない。「この願いごとを叶えて下されば大鳥居の寄進を」と聞こえるので、「大げさすぎる」と注意すると、「嘘も方便だ。景気のいいほうが、「面白いことをいう奴じゃ」と太っ腹の神様は喜ぶ」という。八十四で亡くなったが、金の間違いや、ひとを泣かせるような「うすみっともねえ」ことは金輪際なかったから、あの世でも、けっこう神様に可愛がられ、「美人の噂ばなしに時を忘れる極楽トンボ」になっていることだろうと、娘の貞子はにやりとする。

＊

『小林秀雄との出会い』と題する随筆によると、永井龍男は初対面の印象をこんなふうに日記に記したらしい。大正十三年の二月十六日に雑司が谷の菊池寛を訪ね、作品を「書かなければ駄目だよと戒められた」、その翌日、小学校時代の同級生、波多野完治を中野に訪ねたという。波多野は神田の大きな古書店「巌松堂」の坊ちゃんだが、当時は「荻窪に仮り住い」していたらしい。「屋根裏の部屋」で談笑中、その波多野と一高、東大で同級生だったという小林なる友人が現れた。「頭髪伸びて、脂気なく乱れたる、細面の更けたる青年」で、「深刻ぶるような男」に見えたが、志賀直哉、佐藤春夫などの話題で、同好の士と知れる。

夕食を共にして、三人で「月夜の路」を歩く。小林は「マントを着、古ぼけたる黒きソフトを髪にのせて、ほのかなる月光の下に立てる彼の姿、いたく寂しげ」だ。電車に乗ってから、当人にそう言うと、「俺のペシミズムは死ぬまで続きそうだ」と応じたという。これが批評家の小林秀雄と小説家の永井龍男という、のちの文豪二人の初の出会いである。

縁をとりもった波多野は、スイスの心理学者ピアジェの紹介で知られる一方、みずから開発した文章心理学の祖として文体論の開発に貢献した。のちに学長となるが、お茶の水女子大学教授の時期に、早稲田の文学部でも講義を担当した時期がある。招聘の任にあたった源氏物語の岡一男博士からその話を聞き、初年度に受講した。

「修辞学」という古めかしい名称だが、伝統的な修辞技法の解説ではない。講義内容はまさに文章心理学。もともと数学好きだった若者は、文章を数量的な方法で解析する方法論にのめりこみ、文体論の世界へと迷い込むこととなる。運命を分けたのが、学部三年の折のその科目の期末レポート。それが波多野先生の推挙により、中山書店の講座「コトバの科学」の第五巻『コトバの美学』の巻頭論文として掲載されたのだ。卒業論文でさえない学部生のレポートなのだから、当人にとっては夢のような出来事なのだが、そんな常識さえ持たない田舎出の若者は、勢いにまかせてその学問にのめりこむ。

当時は茗荷谷の跡見学園に隣接する土地にあった波多野邸を訪ねて、卒業論文の指導を受けたこともしばしば。その帰路、一緒に地下鉄で西銀座に出て、卒業祝いに巨大なステーキをご馳走になったこともあり、忘れられない思い出となっている。気がつくといつしか波多野門下の末席に連なっていた。

以後も研究者生活全般で恩恵を受けている。同じ職場の後輩の日本語教師と結婚する際には、児童心理学で著名な勤子夫人ともども仲人を務めていただいた。はるばる三鷹のＩＣＵまでお出でいただき、小さなチャペルで、のちの語りぐさとなるほどの質素な式をあげた。

後年、国立国語研究所に勤務し、雑誌の作家訪問の企画で、武者小路実篤、井伏鱒二、大岡昇平、吉行淳之介ら十数名に文章の話をうかがう機会があった。そのうち、五月号で永井龍男、最後の十二月号で小林秀雄を訪ねている。自己紹介の際、波多野完治の弟子だというところから入ると、どちらも懐かしそうな表情となるから、話に入りやすかったかもしれない。これもありがたい縁である。

＊

ふしぎな縁で贈られた毛筆サイン入りの俵万智の歌集『プーさんの鼻』をめくると、やがて生まれてくるわが子との対話が楽しい。「腹を蹴られなぜかわいいと思うのか　よっこらしょっと水をやる朝」の一首は、胎児の存在を実感する喜び。「耳はもう聞こえていると言われれば、ドレミの歌をうたってやりぬ」の一首は、母親からの呼びかけ。「ぽんと腹をたたけばムニュと蹴りかえす　なーに思っているんだか、夏」という一首は、触感による母と子の対話。いずれも、ゆたかな想像力が、読む者の心までなごませる。

＊

江戸時代後期の僧、歌人であり書家としても評価の高い良寛禅師は晩年、「極楽にわが父母はおはすらむ今日膝もとへ行くと思へば」という短歌を詠んだ。映画監督の小津安二郎が軍隊で仲間の坊さんに後生を頼んだら、地獄と極楽どちらがいいか問われ、そりゃ極楽のほうがと応ずると、「友達いねえぞ」と言われたそうだから、良寛としても、向こうで親に逢えないと淋しいのだろう。いかにも人間的で好感がもてる。

＊

この項の最後に小沼丹のエッセイ『お祖父さんの時計』をとりあげよう。酒を飲んだときに「古い柱時計はいい」と言ったらしく、それを覚えていた女社長から古ぼけた八角形の柱時計が届いた。ありがたく頂戴し、客間の壁に架けて雰囲気を楽しんでいる。振子の箱の硝子を開けて鍵を取り出し、文字盤の蓋を開けて、ぎいぎいとぜんまいを巻く気分は悪くない。

小沼がイギリスに行ってスコットランド旅行をした折、宿の階段の踊り場に大きな時計があり、振り子がゆっくりと時を刻むのを眺めた。このグランドファザアズクロックを眺めていると、見たこともない家庭のお祖父さんやお祖母さんの顔が浮かんでくるような気がする。ロンドンの骨董屋で見つけると日本に買って帰りたくなった。買えない値段ではないが、自宅でそれにふさわしい部屋を用意するのにかかる費用が大変だと思って諦めたらしい。別に後悔しているわけではないが、今でも頭の中で大時計のある部屋を設計していることがあるという。いかにも人間らしくて、実にほほえましい。

7　カンシャク後しばらく孤独

【心理】

昭和初期に新感覚派の総帥として川端康成とともに活躍した横光利一は、欧州の旅先から千代子夫人に宛てて、「こんなに女房が恋しいのかと驚く」と率直な思いを書き送った。そして、そちらからも便りがほしいと伝える文面に、その手紙に「匂い」も入れて送るよう、せがんでいる。並の人間なら「声を聴きたい」とでも添えるところだろうが、視覚に嗅覚まで要求する、まさに「新感覚派」らしい書き方で、読む者の胸に切実に響く。

＊

井伏鱒二は太宰治を偲ぶ随筆『亡友』の中で、二人の間のこんなやりとりを振り返っている。太宰が『富嶽百景』と題する小説の中で、いっしょに三ツ峠に登った際、あいにくの深い霧で、正面にあるはずの富士の姿がまったく見えない場面で、井伏が浮かぬ顔で放屁したと書いた。井伏が、雰囲気を出すつもりかもしれないが、いくら小説でも、本名を出しながら嘘を書くのはよくないとたしなめたところ、太宰は「たしかに、なさいましたね。いや、一つだけでなくて、二つなさいました。微かになさいました。あのとき、山小屋の髯のじいさんもくすっと笑いました」と、事実だといって譲らない。世に言う「井伏鱒二放屁事件」である。

この太宰の言い方について井伏は、「たしかに、放屁なさいました」という言い方は、「話をユーモラスに加工して見せるために使う敬語である」と解説し、三ツ峠の髯のじいさんはすでに耳が聞こえなかったから、微かな音などに気づくはずはないと弁明している。それでも、相手があまりしつこいので、自分でも放屁したかもしれないと錯覚を起こしかけたという。井伏は、手に負えない年下の友人を激しく思い出しているのだろう。

『おふくろ』と題する随筆には、もちろん母親という人間の性格や心理が描かれた箇所が出る。井伏作品『集金旅行』が映画化された折、もちろん郷里の福山でも上映された。村の小学校の場合など、青年たちがメガフォンで「当地出身の作家、井伏鱒二氏原作の天然色映画、『集金旅行』を今晩六時より当村小学校において上映します」と触れまわったという。

それを聞いて母親は「ますじが晒し者になっていると云って納戸に引籠り、無論、映画の見物には行かなかった」が、近所の人の噂でおおよその筋は知ったらしい。それでも、近所の人が映画の噂をすると、いかにもつまらなそうに黙りこむ。そのくせ、近所の人がその噂をしないで帰ると、あの人は映画を見なんだのだろうかと家の者に聞くという。矛盾は矛盾だが、こういう母親の気持ちも読者にはよくわかるような気がする。

『消えたオチョロ船』という随筆もある。「港に停泊している船に遊女を配ってまわる船」らしく、売春防止法とともに消えたという。沖に出た船を呼び戻す際には、「角笛に似たラッパで合図」するのだが、そのラッパの音色は哀愁を帯びて聞こえたらしい。霧の深い夜や満月の晩は特にそうで、漕ぎ出すときの勇ましさと「まるで裏腹」だったという。

＊

尾崎一雄の随筆『ぼうふら横丁』に、こんな話の行き違いが描かれている。尾崎家の長男が生まれて九十日後に死んだとき、近所の奥さんがお悔やみにやって来て、「奥さん、あんまり力を落しなさいますな。未だお若いのですから、あといくらでもお出来になります」と慰めた。ところが、家内は怒り出し、「あといくら出来たって、死んだあの児とは別物です、あの児はもう帰って来ません」と怒鳴った。相手は「仰天して、玄関から横飛びに逃げて」行ったという。

理屈はそのとおりだから、先方としても、たしかに反論の余地はない。しかし、相手は議論をしに来たのではなく、厚意で慰めたのだ。まだ若かった妻は心に余裕がなく、つい配慮を欠いて感情を剥き出しにしてしまったのだ。

その世間慣れしない妻の子供じみた言動を、作者は隣室で耳にしてあっけにとられ、「腹をかかえて笑った」とある。

＊

永井龍男の『私の小説から』と題する随筆に、新聞記事に題材を得た自作『青梅雨』をとりあげている。もちろん、青梅の雨ではなく、「あおつゆ」と読み、青葉の色の染み付いた梅雨を意味する季語である。作品では、一家心中した家の場所を、江ノ島電車、通称「江ノ電」の沿線に想定した。

作者の自宅は鎌倉で、海岸からも駅前からも離れているが、それでも南西の風の吹く晩は、江ノ電の警笛が「途絶えては遠く聞えてくる」という。その音は国電と違ってやわらかく、そのぶん「間のぬけた音色」で、二キロも先の踏み切りの「チンチンチンチンというシグナル」も聞こえてくるらしい。その音が、作者には、何度聞いても、「悲しみを帯びて」感じられるというのである。

『小錦の余波』は、その名のとおり相撲の話から入る。大関から怪我で幕下まで転落した琴風の話をきっかけに、自身の怪我の話に入る。「掘り炬燵の座椅子」から立ち上がる際に、アームに片脚をひっかけて、「茶の間から一段低い縁側へもろに転倒し、中間にある敷居で胸部を強打して」「一瞬息の根が止まった」という。

三日後、連休明けに診察を受けると、さいわい骨折はなかったらしいが、肋骨の痛みが「日を経る」ごとに「深刻」になる。そうして、愚かなことに「胸の痛みに耐えかねて」などという、「平素軽蔑している歌の文句」を思い出したと、苦々しげに結ぶのがおかしい。日本語の芸である。

もう一つ、『秋口』と題する随筆をとりあげよう。八月の三十一日ともなると、暑かった八月がまだ一日あるかと、うんざりした気分になる。鎌倉界隈は午前中に一時曇ったが、午後は日の光がふたたび、すだれ越しに「真夏の庭を透かし出すと」暑気は一気にあがる。月に二度の病院の健康診断の日だが、診察は簡単に済んで、今日は歩いて帰ろうと、四十分かけて帰宅。「流れる汗をおさめつつ北縁に立つと、秋海棠の花」が人なつこく咲いている。暑気やむという意の「処暑」だが、そんな生やさしい暑さではない。

「家人と日々問答の間、この頃カンシャクの度数がしきりと上昇する」気がする。これは「自らの行止りが間近」なせいかと思う。そうして、「カンシャクの後しばらくは、孤独である」と続く。癇癪を起こしたと自分で気づくと、たしかに老い先短いことを考えるような気がする。

＊

三十年以上も前にサイン入りで頂戴した串田孫一『曇時々晴』を開くと、ほどなくこんな思い出話に行き当たる。「峠を下り、山麓の村を通ると」遠くから犬が吠える。夕暮れも近い。「灯のともり始めた町に入」ると、「硝子戸の締っている文房具屋があった」。「立て附けが悪い戸をあけて入ると、短く刈った髪にも眉毛にも白毛が目立った主人が奥から店へ出て来た」。「棚から取り出してみる物は、殆どが戦争の始まるずっと以前に仕入れた」もので、懐かしさもあり、「こまごました文房具を買った」。

その時最後に主人が虫眼鏡を一つおまけにくれた。戦争で家が焼けて、もうだいぶ月日が立つのに、手もとにあったはずの物が焼失していて、いまだにまごつく。そんな話をすると、主人は、家は焼けなかったが一人息子を戦死させてしまったと、うつむきかげんに何度かまばたきする。どんな慰めのことばも「空々しく」響くようで、黙っていたらしい。

今でも、その主人の顔をはっきり覚えているが、「その当時の年恰好からざっと計算してみても」今はもう生きていないだろう。そのときに買った手帳やその他はもうとっくに使いはたしたが、おまけの虫眼鏡だけはいまだに手もとで役立っている。

＊

次に、森鷗外の齢の離れた娘、森茉莉の『写真』という随筆をとりあげよう。「写真の科学現象を疑っている」と明言している。自分の顔が「十五、六歳までは実物と同じ人間だということを誰も信じないほどの美人に写ったのが、現在では妖婆にうつるから」だそうだ。「白雪姫」が「邪悪の老婆」に変わったと極論する。

そんな自分を悲哀から救ってくれた二人、一人は写真を一目見るなり「まるで違う」と「叩きつけるように言い」、もう一人は実物を見たあと、「まあお若くて、失礼ですけれどお写真のほうは」と語尾を消したという。「実は悪く写るという恐怖が悪く写る原因らしく、知らないでいるところを撮った写真は四十位の可愛らしいばあさんである」と結んである。

＊

三木卓の小説『隣家』の冒頭を紹介しよう。作品は「耳が遠くなったので、この頃の入沢ヨシには、いろいろなことが突然おこる」という一文で唐突に始まる。耳がよければ、遠くの音でもある程度は聞こえるから、それが近づいてきても、その間、音は連続して耳に入っている。ところが、耳が遠くなると、遠くの音は聞こえないから、聞こえたときにはそれがもうすぐそばまで近づいていて驚く。

きのうも居間で、幼くして亡くなった長女の写真を「アルバムから剝がそうとしていると、いきなり畳の下がゴトゴト鳴り、その響きが身体に伝わってきた」らしい。驚いて庭先に飛び出すと、男の子たちが何人か「竹竿を濡れ縁の下に押し込んで」潜んでいる猫を脅していたという。急に飛び出したので、相手も「わー、いた」と驚く。「おまえ、〈ばあさんいねえぞ〉っていったのに、偵察で、どこ見てた」ともう一人が言うと、「それが、急に出た」と答える。「いた」でなく「出た」というのが、お化けじみて、おかしい。

彼らは「いっせいに逃げだしていき、やがてだれもいなくなった庭だけが残った」と、作品場面はふたたび、ひっそりと静まりかえる。

＊

小沼丹の随筆『庄野のこと』は、タイトルどおり、親しい作家仲間の庄野潤三とのやりとりを書きとめた作品である。早稲田大学教授でもあった小沼はサバティカル休暇を利用して外遊し、英国の倫敦を中心に半年ばかり過ごしたころ、庄野潤三は定期便のように手紙をくれたという。それは嬉しくありがたいことだが、時には困ることもある、として本題に入る。庄野は小説でも食べものをいかにも旨そうに描くので定評がある。だから困るのだそうだ。

例えば、一家で新宿の鰻屋に出かけたことが書いてある。その店は前に庄野と何度か行ったことがあるから、店の構造もわかり、ああ、あの辺に坐ったのかな、と思って読んでいくと、「肝吸とか蒲焼とか白焼とか」が出てくる。ああいう描写力だから、手紙を読んだだけで「鰻屋の店の前で匂を嗅がされている」ような気分になる。「早く帰って鰻が食いたいと懐郷の念に駆られる」。庄野はそれを待っているのかもしれない。「白焼は芸術品のようでした」などとあると小沼は「溜息が出る」というのである。読者も思わず、ごくりと唾を飲み込むことなりそうだ。

＊

随想全集まで残した英文学者の福原麟太郎は、ずばり『おつりのこと』と題する一編で、バスの中などで大きな札を出しておつりをもらう人を見かけると、自分にはそんな胆力はないと感心する。自分は小心なのか、乗物を使う日は必ず小銭を用意しておくという。百貨店などで百二十円の買物をするような場合、千円札を出しておつりをためるのだ。「大きな札でおつりをとると、時間がかかって、あとの人に迷惑」だということもあるが、それよりも「利己的な感じがあるのがいや」なのだとあるから、要は人柄のようである。

『かくし芸大会』にも、筆者の性格がよく出ている。「かくし芸なるものへの異常なる恐怖」のため、「謝恩会なるものへ出席しないことに決めている」という。正直にその理由を言うと、「ワンワン、モウモウ」言うだけでいいと反論される。そんなことを言えればたいしたものだが、そんな情けないことはできない。

『この空しき日々』に、自身の体験しているエピソードを書いている。英文を読んでいて「知らない単語に出くわすと、ぎくっと」して、丹念に字引を引いて調べるという。若い時なら当然だが、この齢になれば、もう二度と出会わない、今さら覚えても「墓の中へ運んでゆく」だけと知りながら、調べないと気がすまない「語学教師の業」を訴えている。

8　その方が得だ

【人物】

尾崎一雄の『なめくじ横丁』に、齢若い松枝夫人（作中では芳枝）と、後輩作家にあたる檀一雄との、こんなやりとりが描かれている。檀一雄は満州から戻って結婚し、東京の石神井に新居を構えた。尾崎は病で体が弱り、その新居訪問の機会のないまま、郷里の下曽我の家に帰る。やがて檀は九州へ去り、夫人が亡くなる。戦後になって、檀が病気見舞に尾崎家を訪ねて、久しぶりに再会し、昔話に花が咲く。戦災の話になり、「あの辺、焼けたでしょうね」と石神井のあたりを話題にすると、そばで尾崎夫人が「ああいう家は、焼けちゃった方がいいですよ、ねえ檀さん」と、よけいな口をたたく。

子供のように天真爛漫なこの夫人、外村繁が夫人の死を題材に小説を次々に発表すると、「宇野さん、上林さん、檀さん、外村さん、みんな、亡くなった奥さんのことを書いて、佳い小説ばかりですね。材料がいいんですね」と言う。尾崎が「そりゃ、身にこたえるだろうからね」と相づちをうつ。すると、「あたしも死のうかな」と言い出す。「なんだって？」と驚くと、「あたしが死ねば、あなただって、佳い小説書けるでしょう」と言う。「ばかやろ！」とどなったが、なぜばかげた考えなのか説明するのが面倒になり、「いや、君が死ぬには及ばんさ。その代りに、僕が死にそうなんだから」と冗談を言ったら、なんと、ぬけぬけと、「あ、そうか。そんならその方が得だ」と言ったらしい。たしかにそれは夫人にとって「得」かもしれないが、当の作者がいなくなるのだから、それで名作が誕生するはずはない。このあたりの筆致は、心にくいばかりに、その人物がよく描かれている。これでは、読んでいる側も、笑わずにはいられない。

いずれにせよ、夫人はこういう底抜けに天真爛漫な人柄で、作家訪問の折に直接お目にかかっても、ほのぼのとした雰囲気が漂っていたような気がする。後日談を一つ。早稲田大学で外国学生用の日本語教科書を編集した折、上級用に『虫のいろいろ』の一部を採録した。各著者に掲載許可を願い出たところ、尾崎家からの連絡が届かない。やむなく電話で確認すると、尾崎夫人が出られ、事情が判明。名誉なことなのでありがたく仏壇に供えたまま日が経ち、もう間に合わないと諦めた由。即刻印刷屋に回し無事に載った。

＊

次に、それとは正反対に見える作家、太宰治の、作品ではなく書簡をとりあげよう。東郷克美著『太宰治の手紙』から、兄の津島文治に宛てた一通を紹介する。明治維新以降、金貸しなどで急成長した新興の商人地主で、津軽の金木に広大な土地を有する津島家。長男・次男が夭折したため、実質的にあとを継いだ三男の文治は「陸奥の友」に小説を発表したこともある。が、町長や県会議員を経て県知事や衆議院議員や参議院議員も務めた保守系の政治家として知られた。

差出人の修治は六男として誕生。高校時代からの一時期、左傾して兄を悩ませたが、文治は弟修治の面倒を見つづけた。太宰治という名で作家デビューしてからも、長い間、仕送りを続けている。

修治のほうは、心酔していた芥川龍之介の自殺に衝撃を受けると、なぜか義太夫を習い、さらに花柳界に出入りして芸者の紅子と深いなじみになる。大学に入ると、紅子こと小山初代が出奔して上京。文治は分家除籍を条件に、二人の結婚を認める。その一月後、修治は銀座のカフェーの女、田辺あつみ、戸籍上は田部シメ子と、鎌倉腰越町小動崎の海岸で、カルモチンによる心中を図り、女のみ絶命。そのため自殺幇助罪に問われるも起訴猶予となる。

その翌月に初代と仮祝言をあげ、二ヶ月後に品川五反田の借家に同居を始める。が、その四年後に鎌倉の山中でひとり縊死を図るも果たせず。

そういう時期の昭和十一年八月七日、修治は文治にこんな書簡を書き送っている。前の手紙で相手を怒らせてしまったらしく、「卑下もせず驕りもせず一図に正確、期して、一寸五分、わがアリノママお知らせしようと企て、わが、人いたらず御不快かってしまいました」と書き出している。「昨日けいさつ沙汰になりかけ、急ぎ質屋呼び百五十円つくり、当分これでよいのです。タンスからになりましたがことしのうちに全部とり返す自信」云々と続くから、借金のトラブルと推測される。

なにしろこの時期は、二十人近い人から借金を重ねており、特にこの年の手紙は「借金申込み書簡集」の様相を呈するという。『晩年』のころは「浅い解釈、汚いひがみ」もあったかもしれないが、今は「心鏡澄み」あれとは全然違うと主張し、「芥川賞ほとんど確定の模様」とまで楽観的な書き方をしている箇所もある。

自分が十歩進んで少し偉くなったつもりでいると、兄上のほうはすでに五十歩も前を黙々と歩いているなどとおだてるのも、「機嫌をよくさせて金を引き出そうとする魂胆がすけてみえる」し、佐藤春夫、井伏鱒二という尊敬する先輩作家の作品を、文治宛の署名入り本にして届けたのも「底意が感じられる」という。

同じ年の秋、太宰はパピナール中毒がひどくなり、井伏らの勧めで武蔵野病院に入院し、一ヶ月後に退院する。その退院の前日、文治が上京し、井伏と対面する。学部は違うが二人は早稲田大学の同期らしい。ひどくくたびれた顔で「舎弟の無軌道ぶりには困ります」と言われ、慰めることばもなかったと井伏は記している。井伏らの立会いのもと、兄弟の間で覚え書きを取り交わしたようだ。内容は、修治が今までの生活を改めて真面目に暮らせば、文治が生活費として向こう三年間、修治に対して毎月九十円を給することが記されているらしい。

ただし、一度に送ると飲酒などですぐ浪費するため、実際には井伏宛に送り、井伏が何度かに分けて当人に渡すようにしたそうだ。自分に信用がないからとはいえ、太宰から見れば、実家からの送金なのに、他人を介して受けとることになる。恩義ある先輩作家であるとはいえ、井伏の存在が次第に煙たく感じられるようになったかもしれない。この覚え書きには、当時の妻である初代の名も連記してある。ところが、太宰の入院中に初代が浮気をしたらしく、その翌年の春に、その過ちを浮気相手のほうから告げられて、太宰は衝撃を受ける。当人と話し合って、太宰は水上温泉で初代とカルモチンによる心中を図るが失敗、未遂に終わる。が、もとに戻るはずもなく、ほどなく離婚。

翌年、井伏鱒二の世話で甲府在住の教員石原美知子と見合いをし、生活を改める旨の誓約書を書いて、井伏家で結婚式を挙行。以後しばらくは安泰な執筆生活を過ごしたようだ。だが、戦後まもなく、「斜陽」の日記の筆者、太田静子を下曽我の自宅に訪ねて五泊したらしい。ところが、どういういきさつか、同月末に三鷹の屋台で山崎富栄と知り合って交際を始め、ほどなく仕事部屋までそこに移す。そんなこととはつゆ知らぬ太田静子から、女児誕生の知らせあり、認知して「治子」と命名。自身のペンネームの一字である。その母親の日記を小説化した作品『斜陽』がベストセラーになり、多忙をきわめる。

そして、翌年六月十三日の夜中に富栄とともに仕事部屋を出て、近くを流れる玉川上水に飛び込む。意図的な心中だったのか、相手の自殺につきあったのか、真相は不明だが、筑摩書房の創業者である初代社長の住居を訪ねた翌日の決行だったようだ。太宰の最近のようすを心配して、しばらく静養させようと思った社長が、そのための住居と食事などの手配をしようと故郷の千曲川方面に出かけていて留守だったらしい。このすれ違いがなかったら、死なずに済んだだろうかと問う社員に、社長は首を横に振ったと聞く。津島佑子も太田治子も、母親の違う娘が二人、のちに作家となったのは偶然でないかもしれない。父親の生活を引きずらず、その血を受け継いだような気がするからである。

＊

井伏鱒二の随筆『太宰治のこと』から、太宰の人柄の別の面を紹介しよう。作家訪問の際、井伏へのインタビューが終わって雑談に入ってから、趣味の話になった。こちらが子供のころ、よく大人と将棋を指した、という話を出したら、将棋好きの井伏は、碁じゃなくて将棋だけになさいよと、いかにもこの作家らしいことを忠告して笑った。

この随筆は太宰の性格が目に見えるような結びになっている。太宰がやって来るとすぐ将棋盤を出して何番か指す。太宰は旗色が悪くなると「将棋そのものを否定するように、ろくに考えもしないで、手つきまで投げやりに差していた」という。ところが、井伏がうっかりして「先方の旗色がよくなると、坐りなおして勢いこんで差した」らしい。そうして、太宰は自分が勝つと、「わっは、わっは……」と大声で笑ったという。そこに描かれる太宰の態度は、考えただけで子供っぽく、読者の唇もだらしなく緩みだす。

『社交性』と題した随筆にも、太宰の人柄を髣髴とさせる逸話が出てくる。命を絶つ前の年に、「井伏鱒二選集後記」を書いたらしい。「例の社交性によって不当の讃辞」を並べるので、井伏は新しい巻が出るたびに「びくびくもので読んだ」という。太宰は「嘘の話まで持ち出してお上手を云う」ので油断がならないから、太宰当人に「お上手というものは、第三者の目には讃辞のように受取れても」「当事者には皮肉に近い」こともあり、この選集後記もそうだと言ったらしい。

折口信夫に借りた資料から抜き取った部分の文章を、太宰は「天才を実感して戦慄した」などと書く。「生涯に於いて、日本の作家に天才を実感させられたのは、あとにも先にも、たったこの一度だけであった」とまで添えられると、作者当人である井伏としてはむしろ皮肉に感じ、太宰は「いたずらっぽく舌をぺろりと出す」思いで書きながら、退屈になるのを防ごうとしているように思ってしまう。

太宰の話題から離れて、今度は『小山清の墓』という随筆に言及する。もっとも、小山も一時、太宰に惹かれて師事したから、縁つづきともいえる。キリスト教を背景として庶民生活の善意を描いたが、失語症となり、次いで妻が自殺するなど、失意のうちに急性心不全で生涯を閉じる。井伏のこの随筆には、その墓のまわりに浮浪者の一団が集まり野宿していることが記されている。「温順恭謙」な浮浪者で、墓まわりも掃除が行き届き、墓守を雇っているようなものだという。失意のうちに世を去った清廉の作家の余徳かもしれない。

＊

幸田文の『崩れ』は、富士山の大沢崩れなど、自然の崩壊現場を見て歩く晩年の随筆である。林野庁広報課に伺いを立てると、すぐ建設省富士砂防工事事務所に連絡をとってくれたらしい。その電話は「幸田さんは年齢七十二歳、体重五十二キロ、この点をご配慮――どうかよろしく」という簡潔明瞭なもの。役所といえば「重々しく、もの堅くて、手間がかかる」というイメージだが、この電話は「軽快で、ユーモラスで、手早で、しかもちゃんと的を押えている」。「七十二歳、五十二キロには座にいるものみんな」、当人も笑いだしたという。電話の「送り主の行届いた心づかいでもあり、受入れ側の準備にもなるし、本人にとっても、実体が正確に伝えられていることは、安堵がある」と幸田文は笑いをこらえて絶讃している。この電話をかけた人間と、それを受けた人間とは、大学時代の同級生という。だから、この「目のさめるようないい電話」が実現できたのかもしれない。

9 仏壇の扉

【人情】

英文学の泰斗、福原麟太郎に『放送に難あり』という随筆がある。ラジオ放送に出演した際、あらかじめ原稿を出すように言われて、ともかく提出したら、今度は、「放送の際一字一句も訂正してはならない」と言い渡されたという。そういう苦い経験があり、以後は、それを口実にしてすべて断ることにしたという。

ところが、暴風雨のある日、晴れていても足場の悪い郊外の自宅に、「利口な娘さんがやって来て、婦人講座で座談」を頼まれたという。座談会には平林たい子や前田多門も出席するとのことで「とうとう降参」してそれを引き受けたらしい。

「広島県の海岸に住んでいる老母」に、こんど久々で放送すると知らせると、「おまえがラジオを断ってばかりいるのはどういうわけじゃろう」と生前いぶかっていた父親にも聞こえるようにと「仏壇の扉を開いておいた」という手紙が届いたという。とたんに改心し、「もう偏屈になるのはよしました」という意味で、「こないだ婦人講座へでましたから御安心ください」と返信に書き添えたそうだ。

＊

井伏鱒二はずばり『将棋』という題の随筆に、こんな内輪話を披露している。自分は日本将棋連盟から「初段を允許されているが、実力は十級ぐらいではないか」と書き、その根拠として、こんな実話を記している。素人将棋大会の席で加藤八段が井伏の棋力を「二た桁と云っては気の毒なようにも思われるが、そうかと云って、一と桁と云っては讃め過ぎる」、つまり、「八級九級の実力があるとは云いかねる」が、「十級以下と云っては気の毒だ」というような微妙な言い方をしたというのが、その論拠となっているらしい。

昔は二十何級とプロ棋士が査定したことがあり、あれから二十年以上経っているのに、「熱心な割合に上達しない」とも書き、「棋歴の上では大山名人よりも遥かに上である」と注記してあるが、「僕よりまだ年上の人で僕より弱いのがいる」と添えることを忘れない。

これまでで最も「無慙な負け」は大岡昇平に十三対一で惨敗した将棋だという。相手はもう忘れていると思っていたら、当人が「例の十三対一のことだが」と話題にして、「永井龍男に話すと、そんな残酷なことをするものではないと叱られた」と言ったらしい。相手の気持ちに対する配慮が足りないというのだろう。井伏の性格上、負けても負けても、すぐ並べなおし、立て続けに次の一番を催促して、あくまで挑戦を繰り返した結果なのだろう。が、さすがに冷静になった随筆では、「二対零ぐらいの負けで止しておくべきであった」と井伏は結んでいる。もしもどこかで井伏が勝ち越す場面があれば、対戦はそこで終わっていたかもしれない。

＊

そう評した永井龍男の『くるるの音』という随筆に移ろう。とはいっても将棋の話ではなく、同級生の波多野完治の家で出会ったあの小林秀雄を追悼する一編である。

永井が救急車で川崎市民病院に運ばれて入院し、再発した胃潰瘍の治療を受けているころ、小林は最後の慶応病院に再入院していたらしい。秋風が吹き始めたころ、桂離宮の修復工事の記録をテレビで見た永井は、「万全の修復が出来た大屋根が、晴れわたる蒼空を背景に、ずしりと、ある重さでそびえるシーン」が忘れられず、大手術を終えた小林が「すこやかな姿で現れる」と期待していたと弔詞で告白する。

そうして、「小林さんは、それだから物を知らない奴は困るのだと、私を一笑に付すでしょうか」と続ける。いかにも小林秀雄らしいと、弔問客はにやりとするかもしれない。

そして最後は、「お母さんが淋しくて淋しくてならず、あなたを呼んだのだと、思うことに」して、「せめてもう一度、お眼にかかりたかった」などとは言わないでおく、と続ける。

そうして、「あなたの好きな、菜の花が咲きました。さようなら、小林さん」として弔詞は消え終わるように結ばれる。告別式の青山斎場の祭壇は「菜の花一色で深々と飾られていた」という。その折、やはり病床で小林の訃報を知ったと始まる、波多野完治からの長文の弔電も読み上げられたようである。

10 死の床で晩酌

【悲哀・哀愁】

『チェーホフの感じ』の著者ロジェ・グルニエによると、「チェーホフ的な面」として、「羞恥心ゆえに笑いの下に隠されている哀しみとか、苦い薬のように冗談の糖衣にくるまれた真実とか」というふうに、笑いにまぎれて目立たなくなっている悲哀をあげている。

笑いの奥に透けて見える哀しみ、逆に言えば、哀しみがユーモアの形で語られることもある、ということになる。

＊

網野菊の小説『招かれざる客』に、「ヒロは、ふと、訪ねて来た女が自分の生母でなくてよかった、と、ヒョッコリ思った」とあり、「その自分の考えから、ギョッとした。久しく忘れて居た生母出現の恐怖が、急に、それから頭をもたげた」と続く。

小学校の一年のとき、ヒロの生母は不倫がばれ、「離婚になって家を去った」。

「近所のお地蔵様の縁日の晩、父は女中の少女に、ヒロをつれて、ゆっくり縁日で遊んで来いと命じた」。ヒロは、「大好物のむし羊羹をまるまる一本買ってもよいと言われ」、大喜びで出かけた。遅くなって帰ると「母は居なくなって居」て、「声を立てて泣きさけび乍ら探し廻った」のを今でも覚えているが、会ってはいけない相手なのだ。これもまた、喜びと哀しみが隣り合っていた例である。

＊

井伏鱒二に『つくだ煮の小魚』と題する詩がある。それは、「ある日　雨の晴れまに／竹の皮に包んだつくだ煮が／水たまりにこぼれ落ちた」と始まる。どれも「目を大きく見開いて」おり「鰭も尻尾も折れていない」し、「顎の呼吸するところには　色つやさえある」。それなのに、「水たまりの底に放たれ」ても、「あめ色の小魚達」は「生きて返らなんだ」。一編の詩は、そう結ばれる。

佃煮にされてしまった小さな生きものに対する井伏の哀しみが満ちている。飴色になった佃煮の小魚、そんな対象にまで注がれる作者の同情のまなざしに驚く。そんなことを考えなくなっている現代人には、いささか呆れるほどの心づかいかもしれない。

そういう思いがけない題材だが、人間が日頃は麻痺して感じなくなっている、自分と同じ生きものに対する憐憫の情を思い出させてくれる小品である。

あの身勝手にふるまう太宰に対する篤い思いも、きっとどこかでそれにつながるのだろう。そのあたりを『太宰君のこと』という随筆に探ってみたい。一編は「太宰君がなぜ死んだのか私には理由がわからない」という困惑した一文で始まる。

戦時下での「疎開中、二年あまりも会わなかった上に」、戦後になって「東京に来てからも一年ちかくのうちに四度しか会わなかった」と回数を記すほど、この後輩作家を気にかけていたようだ。

戦後は小品『桜桃』のような佳編もあるものの、愛人太田静子の日記を題材にした『斜陽』が大きな反響を呼び、『人間失格』もヒットして、すっかり流行作家になってしまった。そのため、「いつも三人か四人の人が太宰君のそばに」いて、近づけない。「一度だって二人きりになったことはない」という。これでは、井伏が何か言いたいこと、忠告したいことがあっても、親密に話す機会はない。

やむなく手紙で、酒を少し節制するようにと書き送っても返事を寄こさない。昨年の暮れにまた喀血したという噂を聞いて心配していたら、元日に当人がひょっこり現れ、「あんな噂はみんなデマだ、人はデマばかり弄して迷惑させられる」と言ったようだが、井伏はそのとおり信じるわけにもいかなかったという。

太宰の葬式が済んでから、最後まで太宰と親しくしていた筑摩書房の編集者が、中絶した『グッドバイ』について太宰自身が「いろんな女との交渉を断って、行きつけの店にも仕事部屋にも行かないことにして、生活を一新する。行きづまりの生活にグッドバイする」と筋書きを話し、「親切にしてくれた君たちにもグッドバイする」と言ったあと、「僕もそうしたい」とつぶやいたという。

愛弟子の死に方が気に入らない。井伏はどうにも口惜しくてならないのだ。数え年のわずか四十歳で命を絶った太宰に、「小説のために生きるという人間が自殺するとは生意気である」という激しいことばを浴びせる。まさに取り返しのつかない痛恨事だったのだ。

井伏鱒二の筆になる追悼の随筆をもう一つ、『岩崎栄』を紹介しよう。東京日日新聞の記者だった人物で、通称「岩さん」。井伏の著書に挟む月評に感想文を依頼した相手でもあったらしい。その本の見本ができたので早速自宅に小包で届けると、息子から「父、栄は、三月六日に急逝」した旨の返信が届いたと、一編は始まる。日ごろから、「葬式はするな、誰にも知らせるな」と言ってあったらしく、すでに納骨も済んでおり、井伏の本はその当日に届いたとのこと。のちに毎日新聞の取締役からNHKの会長を務める阿部眞之助が、東京日日の学芸部長のころ、その助さん格さんの役をした人物だという。

井伏がある日の朝、荻窪にある阿部の自宅を訪ねると、パジャマ姿で各社の新聞を広げて考えている。「どうかしたんですか」と尋ねると、「見出しを見較べているところだ、今でも朝日にスクープされた夢を見る」と言う。後日、岩さんにその話をすると、自分もそうだと応じ、「同じ夢なら、特殊原稿を阿部さんに渡す夢を見たいものだ」と言ったという。

そんな岩さん、「食欲がなくなり、晩酌だけ」になったので、葡萄糖の注射を続けたが、脳機能不全となって、声がかすれ、足の痛みを訴えていたらしい。「最後は苦痛の表情もなく眠るような往生」をとげた旨、息子の手紙にある。

「八十歳をすぎて食欲もない死の床にありながら、好きな晩酌だけは止さなかった」と知り、井伏は、「志を養っていた」と信じたい。

＊

永井龍男にずばり『母の死』と題する随筆があり、母親の死の前後をこんなふうに語っている。東京の下町に生まれた永井は「妻帯後、鎌倉へ引っ越した」。その翌年の三月に母が六十四歳で死去したとある。喉頭部に悪性の腫れ物が見つかったらしく、今で言えば喉頭癌で、当時は不治の病だった。

声の不自由になった母が、病院のベッドで「鎌倉へ帰って、光るような鰹のお刺身で御飯が食べたい」と訴えたところから一編は始まる。

そして、死後の母親との再会を扱った小説へと話題は移る。「ふところ手をした私の肩に、ふんわり誰かが身を寄せかかり」、振り放そうとしても離れない。「亡くなった母親を背負っている」のだ。自身の行いで母を成仏させたと確信するまで、

「小柄な母は私と一しょに暮すつもり」らしい。自分が受け継いだ欠点を自分の行為で償うまで母は成仏しない、そんな気持ちになったという。

＊

早稲田大学教授でもあった小沼救《はじめ》、作家の小沼丹は、早稲田大学に進む前、明治学院の生徒で、大学進学の前後に井伏鱒二の自宅を訪問したらしい。初期の小説『汽船』に「ミス・ダニエルズの追想」という副題がついているのは、明治学院の中学一年のときに英会話を教わった米人女性の思い出を描いた作品だからである。

最初は本場の英語がほとんど聴き取れなかった生徒たちも、そのうち、あやしげな発音で「貴女は何歳であるか」などという失礼な質問をするようになる。すると、すぐには答えず、「何歳と思うか」と問い返す。即座に「八十歳である」と答える生徒もある。その女教師は頭髪が純白だったからだ。若いときからだと写真を見せたこともあったらしい。

二年後にアメリカに帰ると聞き、殊勝気を出して港まで見送りに行ったら、一年間の休暇で一時帰国することがわかり、拍子抜けする。「ところが、妙なことにミス・ダニエルズはその儘二度と海を渡って来なかった」と続く。「理由はよくわからない」とあるが、やがて戦争へと傾斜する時代情勢が関係しているだろう。やがて文通も途絶え、今では生きているかさえわからない。「記憶の片隅に細ぼそと名残を留めているに過ぎない」と続く。

読者がしんみりとするのを待って、作者は「生きているとしても、もともと婆さんに見えたからいまでもたいして変ってはいないだろう」という雫のような一文をぽとりと垂らす。この一瞬のやすらぎで、読者の心にほんのりと明かりがともる。

＊

もう一人、その小沼と親しい作家、庄野潤三をとりあげよう。井伏鱒二の家でよく一緒になったようだが、夕方、早稲田の小沼研究室を訪ねて講義を済ませた教授と連れ立って飲みに出かけることもしばしば。近所にあった三朝庵という大隈侯御用達の蕎麦屋で時間調整することもあったようだ。

庄野潤三がオハイオ州のガンビアに一年滞在したとき、小沼から陣中見舞いの手紙が舞い込み、新宿樽平のマッチ箱が入っていたらしい。よく一緒に飲んだ店だ。そして、「ホーム・シックを起すように」と書いた便箋が添えてあったという。そういえば、小沼が半年間倫敦暮らしをした際には、庄野潤三から届いた手紙に、よく一緒に行った鰻屋のことが描写してあって、「白焼は芸術品のようでした」とあるあたりで溜息が出たと小沼は書いている。二人の関係が実によくわかる。

庄野潤三が早稲田の文学部で非常勤講師をしたのも、小沼のはからいにちがいない。早稲田通りから文学部に曲がる角に、穴八幡という神社がある。庄野夫妻は毎年一月に参詣して、そこで一陽来復のお札を頂くという。この慣例ができたのも、そういう縁からかと思われる。

潤三の兄、庄野英二の最初の童話集『こどものデッキ』の冒頭にある『朝風のはなし』は童話の処女作だという。鹿毛の馬「朝風」は召集令状が来て出征したまま、戦争が終わって大勢の軍人が戦地から戻っても、馬に「復員」という制度がないため戻ってこない。満州から復員した兵士に、戦地で朝風に会ったことがないかと尋ねるが、有力な情報が得られない。そして、ほんとに復員して来て平和で暮す夢を見るところで終わる。

その兄から、前線で負傷して広島の陸軍病院に来ているが、大阪に転送の予定だから見舞いに来ないようにという電話が入った。ところが、その話を漏れ聞いた母がすぐに駆けつけ、「ごめんよ、かんにんしてよ、痛かったでしょう」と涙声で話しかけたという。言われた側は何を謝っているのか、とっさに判断できなかった。しばらくして、息子が戦場で重症を負って死にかけたのを自分の責任と思っていることに、ようやく気づいたという。

庄野潤三の『貝がらと海の音』にこんな場面がある。友人の阪田寛夫から芥川賞の記念にもらったチェコのガラス製の花生けに、庄野夫人が水を張って貝殻を沈めて玄関に置いたという。孫娘のフーちゃんが「貝がらを耳に当てると、海の音が聞えるの」と言う。自分でも子供のころにそんなことをした記憶があるが、この子はいったい誰からそんなことを聞いたのだろう。いかにも「夢みる夢子ちゃん」らしいと夫人は思う。

やがて、季節が過ぎ、その貝殻を洗って箱にしまったら、「夏が終ったという気がして、さびしかった」という。目に見えるような庄野家のひとこまで、作者が顔を出さないこんな場面にも、庄野文学の雰囲気が漂っていて、さりげないユーモアに読者の頬がゆるむ。

11 虹がうすれて行く時は

【風情・美意識】

どうでもいいようなことでも、何となく好きなもの、なぜか気に入らないものがある。ことばでもそうだ。川上弘美の小説『センセイの鞄』の一シーンから入ろう。主人公のツキコが居酒屋で、高校時代に古典を習った国語の教師と出会う。とっさに名前が思い出せないので単に「先生」と呼ぶ。

個人的につきあうようになってから、連絡するのに便利だから携帯用の小型電話を相手にも持たせようとするが、センセイはなかなか「うん」と言わない。が、そのうち、ようやくその気になるが、一つの条件を持ち出す。「ケイタイ」という呼び方は気持ち悪いので、きちんと「携帯電話」と言うように、という条件だ。今や化石的な人間かもしれないが、いかにも国語教師らしい。

携帯用の品物はいろいろあるが、その中で電話だけを単に「ケータイ」と呼ぶのは、たしかに理に合わない。しかし、そういう論理的な思考よりも、その語形が何となく生理的に気に入らないのだろう。その単語に付着した語感が、その人間個人の言語的な感性とそりが合わないという現象かもしれない。

＊

庄野潤三の『ワシントンのうた』によれば、この作家が井伏鱒二の作品を初めて読んだのは『丹下氏邸』らしい。その本の「口絵に著者の写真が出て」いて、それが気に入って本を買ったというのだからさすがだ。「近所の草原に腰を下した井伏さん」の羽織に「草が影を落している」写真らしい。この出会いはまさに偶然だが、それが愛読者となるきっかけだとすれば、両者の感性に通いあうものがあったのかもしれない。

同じ作品に、ガンビアで知り合ったミノーというボンベイ生まれの政治学の講師が登場する。相手をののしるときの日本語を訊かれて「ばか」と教えると、相手に呼びかけるときにも、「おやすみ」という挨拶の代わりにも、いつもやたらにその語を使ったという。ただし、響きがやわらかで、ユーモラスに聞こえたとあるから、日本人がののしるときとは語感がまるで違って聞こえたのだろう。「語義」とよばれることばの意味とは違って、こういうことばの生理的な面は神秘的である。

同じく庄野潤三の『貝がらと海の音』にこんな一節がある。よそから「頂いた薔薇のうち、書斎の机の上に活けてあった淡紅色と白の二つが、ひらいて大きくなった」とあるのに続いて、「庭の山もみじの下の水盤へメジロが二羽来て、水浴びをする。はねとばす雫が朝日に光る」とある。そして、そのメジロが「どこかへ行ったあと、水盤の水は、庭の木立とその間から覗く空を映したまま静まっている」と続く。まるで自然そのものが読者の前にありのまま描き出されたように感じる表現だが、奥には人のけはいがある。

薔薇を誰が「頂いた」のか、それを書斎の机に「生けた」のは誰か、「淡紅色」と「白」という花の色を認識し、それが「大きく」変化したことに気づいた人物は誰なのか。鳥が二羽飛んできて水盤にとまったことに気づき、その鳥の行為を「水浴び」と解釈し、飛び散った雫が明るく目に映るのを「朝日に光る」と判断する人間の行為を、それぞれの主体をことごとく文面に沈めるのも同様だ。風景描写の奥にそういう人のけはいを感じ、読者はその美意識を共有して、表現の奥の風情を味わうのだろう。

＊

今度は、ユーモア小説の作家である前に、天然の詩人であったサトウハチローの風情を味わおう。『虹がうすれて行く時は』と題する作品に、そういう得体の知れない哀しみのありかを訪ねてみたい。一編は「虹がうすれて行く時は／何か悲しい気がします」と始まる。

次に、花手毬のほぐれた毛糸の玉、ふるえる小鳥の胸毛、祭の紅提灯の中で「ローソクの」燃える「昼の露路」と、似たような感情を誘う例を並べ、ふたたび「虹がうすれて行く時は／何か悲しい気がします」と、冒頭と同じ二行をくりかえして消えるように終わる。

今ではめったに口に入らなくなった鰻や、大好きなステーキなどにかじりついていた客が、そのおかずが残りわずかになっても、そんな気持ちになるとは思えない。待望の栗蒸し羊羹にありついた甘党の人間が、最後のひときれで感じる淋しさとも違う。かき氷が残りわずかになった折の気持ちはどうか。むしろ、秋風に驚くとか、夕暮れ時におそってくる心細さに、いくらか近いだろうか。

「虹」を物理的に見れば、雨上がりの空などで、太陽と反対側の空中に現れる彩りの円弧をさし、赤から紫まで七色の帯が見られる。太陽光線が空中の水滴にあたる際、色によって屈折率が違うために起こる現象だ。珍しい自然現象なだけについ眺めてしまうが、そのうちはかなく消えてしまう。その時間の経過が、なにか大事なものを奪われるような気持ちを誘い出すのかもしれない。

ともあれ、この詩でハチローは、「虹がうすれて行く時」に誰もが抱くそういう感情を、単に「悲しい」と言いあてただけでなく、その故知らぬ心細さを「何か」ととまどってみせた。絶妙のつぶやきに思えてならない。

＊

井伏鱒二は『取材旅行』の「九谷焼」で、加賀の千代女の句碑にふれている。聖興寺に加賀千代の塚と千代尼堂があり、案内役の住持は、「月も見て我はこの世をかしく哉」という千代尼七十三歳の折の辞世の句とする。「かしく」というのは、手紙の結びに「候」の代わりに用いる「かしこ」の意の「かしく」だという。月見もできて自分はこの世をおさらばするというのだろう。

遺品館では、誰かの描いた朝顔の絵に「朝顔やつるべとられてもらひ水」と賛をし、「千代尼」と記したのを説明しながら、千代尼の自筆の草稿や句集には「朝顔に」とあるが、あとで、このように「や」と訂正した。「に」と「や」とでは文芸価値に差があると説明したらしい。

＊

英文学者の福原麟太郎は、『メリ・イングランド』という随筆に、「イギリスの乳離れ」と題する一編を草している。「イギリスの懶惰《らんだ》」ということはよく言われる。朝は十時ごろに茶をすすり、四時には権利として午後の茶を楽しむ。それでいて五時までしか働かず、あとは酒場か芝居かで時間を費やし、あるいは家庭でくつろぐ。たしかに、星をいただいて出社し、星をいただいて帰宅する生活ではない。しかし、これは「懶惰」ということとは違うと福原はいう。

英国の職工がタバコをくわえながら仕事をしているのに驚くが、いかにも人間的という印象で、器械に使われているのではなく人間が器械を使っている、そんな風情が漂うと福原は考える。彼らは、「悠々として能率を上げている」のであって、「心の中では、この野郎と思って働いている」にちがいない。つまり、彼らは、懶惰なのではなく、懶惰の風情を楽しんでいる。福原にはそんなふうに思われるというのである。

12 文豪より長生きを

【人生】

縁あってこの世に生まれてきた人間は、成育し、悲喜こもごもの人生を送ったあと、生きものの例にもれず、やがては死して土に戻る。春の日に子供とかくれんぼに興じた良寛禅師は、晩年、「風は清し月はさやけしいざ共に踊り明さむ老の名残に」という一首を詠み、おそらく実際に暮れてからも踊に加わったのだろう。

そうして、「形見とて何か残さむ」と自問し、「春は花山ほととぎす秋はもみぢ葉」と自答する一首を残した。形見などとあらためて考えなくても、春には桜がいっせいに花ひらき、夏には鳥のほととぎすが渡来して声を聞かせ、秋には木の葉が紅や黄に染まってはなやかな雰囲気をかもしだす。自分がこの世を去ったあとも、残された人間にとって、この国の四季それぞれの楽しみはずうっと続く、それで十分ではないか。そんな気持ちを詠んだ一首かと思われる。

＊

夏目漱石の「坊っちゃん」が四国に渡り、松山中学あたりで一年間の教師生活を送り、東京の清のもとに逃げ帰った。

作者の漱石自身はしばらくして、九州の熊本にある旧制の第五高等学校に赴任する。その折の体験が、やがて「草枕」の誕生する背景となっている。

漱石門下の寺田寅彦は、熊本の第五高等学校時代の漱石の教え子で、「吾輩は猫である」に登場する「寒月」君のモデルでもある。

漱石が倫敦から帰朝して、夫人の実家である中根家に仮寓していたころ、寅彦が訪問して寿司をごちそうになったらしい。尊敬する夏目先生のまねをして、漱石が卵を食うと自分もそれを取り、海老を残すと自分も食わなかったそうだから、徹底していていてほほえましい。漱石自身も気がついていて、「Tのすしの喰い方」という覚え書きを残している。「寺田」も「寅彦」も「T」だから、疑う余地がない。

そのころ漱石はすでに小説をいくつか発表しており、世間に広く名を知られる存在になっていたかもしれないが、この寅彦のふるまいは、今日のミーハー族のおっかけとはまるで違う。寅彦は有名人の真似をしようとしたわけではなく、敬愛する先生を見習って行動したのだろう。

先生はすっかり有名になってしまったが、自分にとってはそんなことはどうでもいい。俳句の腕がよかろうが悪かろうが、英文学にどれほど通じていようが、文豪であろうがあるまいが、そんなことは関係ない。それどころか、いつまでも名もない学校の先生でいてくれたほうがよかった、そんな気さえする。先生が大家にならなかったら、少なくとももっと長生きしたはずだと、寅彦は痛恨の思いを嚙みしめているのだろう。

＊

阪田寛夫は『庄野潤三ノート』の中で、庄野の「大人の文学」観をこんなふうに紹介している。青春文学は「おれ」を貫き通すことで作品が成り立つが、書き手が一歩下がって「あくせく働いて生きている」自分を「一点景人物」として眺めるのが「大人の文学」で、そういう「眼のゆとり」が肝要なのだという。

そうして、庄野が自分に語ってくれた実例にふれる。主人公が「彼女」時代の奥さんを公園に連れて行き、「初恋の人に似ている」と出まかせを言って、とっさに空襲で一緒に逃げて死んだ女の子の話をしてしまう。そういう結びつきが本当にあったと思いたくて書いた、そんな告白だったという。

＊

その庄野潤三自身の随筆集『イソップとひよどり』に、「三浦君の小説」というタイトルで、後輩作家の三浦哲郎に関するこんなエピソードが出てくる。「笛と雪が好きである／秋祭の賑かな／北国の村で暮したい」という本の口絵に出てくる作者のことばに関連し、雪国の人間の心理と行動が紹介される。

「北国から来て東京で暮している人」は、日ごろ「何となく肩身の狭い気持で暮している」。それが、たまたま雪が降って、まわり一面「白くなると、興奮して、酔っぱらったようなふうに」なる。すると「俄かに大言壮言をする」。このあたりは、同じ雪国生まれの自分には、生理的にも心理的にも実によくわかる。

ところが、なんと原文はそこで、「下宿していた友達が、一念発起して下宿の奥さんと駆落ちした」と、極端なはしゃぎぶりへと展開する。「ことがある」と少し手を緩めるのだが、突拍子もないこの行動には、読者も呆れて笑わずにはいられない。

*

この項の最後にもう一つ、福原麟太郎の『プログラム』という随筆を紹介したい。一編は「朝起きて犬をつれて散歩して、帰って朝食にする」という日課の話から始まる。「小さく薄く切ったトーストにバタを塗りマーマレードをつけて喰べる。飲物は紅茶」と朝食をふりかえり、ふだんの生活を説明する。

九時までに学校へ行って講義を始め、講義のない日は自分の部屋で本を読む。昼は茗渓館で食事、コールド・ミートにチーズやパン程度で済ませ、学校へ戻って講義の腹案をつくったり、学生のペーパーを読んだりする。三時から一時間ほど外国の新聞や雑誌を読んだりすると、お茶の時間になり、紅茶やスコーンを楽しむ。

帰宅して雑誌を読んだり手紙の返事を書いたりしていると夕方になり、一風呂浴びて夕食。犬の散歩のあと、二階で勉強、原稿の執筆や学校の下読み。十一時になったら日記をつけて寝る。

土曜日の午後はテニス、日曜日には音楽会や博物館に出かけ、たまには遠足。週日のうち一晩ぐらいは、講義の準備のないときに、友達と学問、芸術、文化の話をする。そういう暮らしをしているうちに、いつの間にか年を取って死ぬ。そういうのが理想だが、なかなか予定どおりにはいかない。

そういうプログラムのうち間違いなく実現するのは、年を取ることぐらいだろう。まことに、身につまされる話で、誰しもそうなのかと、読者も身につまされ、力が抜けて、つい思わず笑ってしまう。

13

葬儀場にさんま焼く匂い

【偶然】

阿部昭の『父と子の夜』に、信じられないほどの偶然の椿事が出てくる。父親が病で入院し、今や危篤状態にある。見守っている側の身内の人間は、いつどうなるかわからないので、今のうちに腹ごしらえしておこうと、店屋物を註文し、届くのを待っていた。

すると、思いがけないことが起こる。蕎麦屋の出前持ちが病室のカーテンごしに「お待ちどおさま！」と威勢よく声をかけた瞬間、病人が息を引き取ったというのだ。どちらもやがて起こると予測していたことではあるが、まさか、楽しみと怖れとがこのように同時に実現するとは思ってもいない。しかも、いわば吉事と凶事だ。

事態は悲惨で、出前持ちのとまどいはいかばかりかと同情するが、それでもこの偶然、おかしいことにかわりはない。

＊

次に、後藤明生の小説『首塚の上のアドバルーン』を紹介しよう。主人公は今、千葉市街図を開いて、自分の住んでいるあたりを天眼鏡で覗いている。マンションの十四階のベランダから眺めておなじみになっている風景だ。

ある日、散歩の途中で偶然、馬加康胤の首塚を発見、その裏にある道祖神社にまわると、小さな鳥居があって、女が熊手で境内を掃いている。首塚と神社はどういう関係なのか、女は首塚と関係があるのか、気になる。尋ねないうちに女がひとりごとのように語りだした。この猿田彦神社は何年か前に子供のいたずらで火事になって焼けた、賽銭箱に一円玉が載っているのは子供が盗まないから、ずうっと自分の実家がこの神社を守ってきたが、昔を知る人はみな死んでしまったなど。

それにしても馬加康胤とは何者か、なぜ首塚が存在するのか、気になった主人公は、『千葉大系図』などで調べてみる。千葉氏は桓武天皇の第五皇子葛原親王から出、「平朝臣の姓を賜り上総介に任ぜらる」ともあるから、現在の場所とも結びつく。また、康胤夫人懐妊の折、安産を祈願し、幕張大明神を、馳せ参じた馬にちなんで「馬加大明神」と改称したともあるという。

作品は、主人公が昼近くに眼を覚まし、パジャマにガウンを羽織ってベランダに出ると、「黄色い箱の真うしろのこんもりした首塚の丘の上に、アドバルーンが浮かんでいました」と結ばれる。土を小高く盛り上げて徴《しるし》にした墓と、宣伝目的で空高く上げる商業用の気球。単に地中と上空という対照的な位置だけではなく、両者はまるで雰囲気が違う。イメージも懸け離れている。それにしても、「首塚」と「アドバルーン」というこの取り合わせ、偶然とはいえ、あまりに突飛な風景を想像し、読者は笑わずにいられない。

*

庄野潤三の『庭のつるばら』にこんな話が出てくる。両親が徳島の出身なので妻は、母親が阿波徳島風のまぜずしを作るのを見て育った。そのため、結婚してからも家庭でよく作る。近所の山田さんから、たまたまそれとそっくりなのを頂戴し、嬉しかったので庄野が『文學界』の八月号にそのことを書いた。妻がそれを一冊、佃煮を添えて山田さんに届けたという。帰宅して妻は、庄野に「山田さんは大へんよろこんで居られた。『文學界』も佃煮も」と報告したらしい。事実、そのとおりなのだろうが、こんなふうに雑誌と佃煮がひとくくりになるのが読者の笑いを誘う。

老夫婦の静かな生活を彩る『せきれい』からも一話。二人だけの音楽会。「故郷の廃家」「紅葉」のあと、ハーモニカだけの「カプリ島」。妻はそれを聞いていると「波打際をうすいピンクのやどかりが四匹、走るのが見える」という。「今日はピンクがかったやどかりがリボンをつけて笑っているの」という日もある。

一九九六年十二月九日の昼、早稲田大学の一室で会議の始まるのを待っている間、英文の小黒教授に、小沼さん、その後どうなんだろうと話しかけた。作家の小沼丹が病気で入院し、見舞いに行けないでいたところ、前夜に奇妙な夢を見たからだ。二人で話しているちょうどその時刻、十二時十分に死去したことをのちに知り、あまりの偶然に驚く。

久しぶりに訪ねた小沼家の玄関ドアの裾が帯状に黒く染まっていた、この夢の話は『群像』誌一月号に、追悼エッセイ「なつかしき夢——小沼文学の風景」と題して書いた。

庄野潤三のその本には、作家仲間の吉岡達夫から電話が入り、小沼はもうお骨になって無言の帰宅をした旨、伝えられたことを書き記してある。そのあとに、「一日も早いご回復と退院を日夜、念じて居ります」という文面のはがきを自宅宛に送ったことを添え、「届いたときには、小沼はもうこの世にいなかっただろう」と結ぶ。

＊

サトウハチローの『恨めしき青春』にこんな偶然がもっともらしく書かれている。「二人は顔を見合せて、又おそろいの溜息をついた」という文に続き、ちょうどそのとき裏の家から聞こえて来た曲が「人の気も知らないで」だったと記す。

同じ作家のエッセイ『野球さまざま譚』には、新宿の「柏木から、丸の内までのホームラン」というのが出てくる。いくら長距離ヒッターでも、そんな距離を飛ばせるはずがない。それが常識だが、まんざら嘘でもないらしい。ライトのフェンスを越えた打球が、たまたま通りかかった電車の窓に飛び込み、そのまま東京駅まで運ばれたのだという。いささかできすぎた話で、にわかに信じがたいが、電車の窓が開いていれば、理屈の上でありえないことではない。ただし、打球の飛距離とはいえないから、特大のホームランとして認定されないが、ボールの移動距離と見られないわけではない。

*

高田保のかつて人気を誇った新聞連載のコラム「ブラリひょうたん」が、あれほど長く休みなしに続いたのは、休載があると土浦に住む母親が、息子は病気かと心配するので、保は無理をしてでも書き継いだかららしい。

それでも胸の病をかかえている身ゆえ、ついに大磯の自宅で喀血した。そこに「ハハキトク」の電報が届くが、家族は容態を見て当人に伝えなかったため、当人は母親の病状を心配することもなく息を引き取った。

今度は、それを知らせる電報が土浦に届くが、危篤の病人に知らせるわけにはいかない。そうして保の初七日に母が他界。たがいに相手の病篤い事実を知らぬまま、親子は旅立ったという。

当人たちにとって幸いともいえるが、哀れな感じも拭えない。読んでいて悲しくもあり、それでいて、どこかおかしい。

＊

三浦哲郎の短編集『みちづれ』の一編「ののしり」に、こんな話の行き違いが出てくる。女の子が湯殿で、ののしりことばにどんなのがあったかと思い出そうとする場面だ。「どじ。あほ。まぬけ。ひすてり。あばずれ。こんちきしょう」と数えてきて、もっとひどいのがあったような気がする。しばらく考えているうちに思い出した。「くそばばあ」と、つい声が出てしまう。

すると、「湯気で汗ばんだガラス戸にうっすら揺れていた人影が急に濃くなって」、「呼んだ?」と訊く。とっさに「いいえ」と打ち消すが、「指折り数えているうちに、うっかり、口に出していたらしい」。

この祖母は日ごろ耳が遠いと思っていたが、「悪口めいた言葉だけは敏感に聞きとがめる」ようだ。氷上の格闘技と呼ばれる試合で、相手側から浴びた雑言を思いだして、「くそがき」とでも言い返してやればよかったかと思っていた場面だ。身内の相手をそう呼んだわけではない。それでも、この「くそばばあ」が祖母に聞こえていたら、「ひと悶着まぬがれなかった」と胸をなでおろす。読者にも、呼ばれた側の気持ちはよくわかるから、行き違いであっても、やはりおかしい。

*

向田邦子の『隣りの神様』に喪服を作る話が出てくる。「月給をもらったら、まず祝儀不祝儀に着て行く服を整えるように」父親に言われたのに、延び延びになっていた。ようやく喪服用のツーピースを誂えたら、とたんに母の心臓の具合が悪くなる。縁起でもないと、取り止めようとしたら、友人のデザイナーに「喪服を作ると思わないで、黒い服を作ると思うのよ」とアドバイスされて気が楽になったらしい。

母の病気も治まってほっとする半面、その服を早く着てみたいという気持ちもある。これを最初に着るのは、天寿を全うした人の式か、儀礼的な葬儀であってほしいと思っていたところ、テレビに移る前に親しかった放送作家の訃報が届いた。

その人の作品に、妻の留守に父親が子供のおむつを取り替える場面がある。わが子ながら女の子であることもあってとまどう。そんなことを思い出していたら、葬儀場である寺の境内で、ふいに、「魚を焼く匂いが流れてきた。アジの開きかなにからしい。昼過ぎの、時分どきなのだから仕方がないとはいえ、しめやかな読経や弔辞にはやはり似つかわしくない」。

そう思いながら、亡くなったこの人なら、「コンクリートの禅堂も、お寺の隣から流れるアジの開きを焼く匂いも、みんなあの独特の笑いで許してくれるだろう」し、こういう情景をみごとに描ける作家だったように思えてならない。

＊

この項の最後に、小沼丹の随筆を二つとりあげる。まず、『喪章のついた感想』。これは突然、消えるように世を去った妻を、しばらく経ってからふりかえる私的な追悼文である。

一編は「僕の女房は死ぬ前日迄、自分は病人ではないと思っていた」。正確にいえば、「殆ど恢復したと信じ込んでいた」という。数年前に胸の病気で寝たり起きたりしていたが、医者にもうほとんどよくなったと言われ、喜んで美容院に出かけた。久しぶりで気分がよく、メロディーでも口ずさみながら帰宅したかもしれない。

ところが、その日の夜、喀血してそのまま窒息死したという。喀血の場合は、ともかく血を吐き出してしまうのが先決らしい。慣れた人は吐くことに専念するかもしれないが、初めての経験だから、そんな知識はない。驚いて、吐くまいと抵抗したため、吐いた血が固まって、気管を塞いでしまったらしい。事故みたいなものであって、当人にとっても家族にとっても、思いもしない出来事であった。

ふりかえってみると、亡くなった妻の誕生日が七月二十八日、二人が結婚式を挙げたのが三月二十八日、それに、こうして喀血死したのが四月二十八日の払暁だとある。自分が迷信家だとは思っていないが、何だか妙な気がした、小沼はそう記している。

もう一つ、『筆まめな男』をとりあげよう。こちらは、亡友玉井乾介の思い出を綴った一編である。大学時代から一緒に旅行するなど、親しくつきあっていた仲間だ。卒業後に岩波書店に勤めて重役になったらしいが、その後、日本語教師に転じ、諸外国の大学で教えたようだ。

随筆は、「たいへん筆まめな男で、よく便りを呉れた」と始まる。だから、「自分の死も知らせるのが順序だったろうと思うのだが、こればかりは玉井にも何ともならなかったと見える」と、涙を笑いにまぎらす小沼流の入り方である。

玉井が帰国した際、酒場で、タイの学生は礼儀正しく、先生に会うと「合掌して小腰を屈める」と言うので、「合掌されてどんな気分になるか」と訊くと、「そりゃ、仏様になった気分だよ」と、「仏様らしくもなく、呵呵大笑した」という。

また、その後、ブラジルに渡り、大学で日本文学を講じた。野良犬がすっかり懐いて学校まで随いて来るようになった、そんな便りをくれたこともある。「教室の隅っこに坐って」じっとしているという。質問こそしないが、なんだか講義を聴いているように見える。小沼宛の便りに、「犬の聴講生を持ったのは小生も初めてのことだ」と書いてあったそうだ。

その牝犬が「仔犬を五、六匹産んだら、今度は親仔揃って坐っていた」というから呆れたこともあるらしい。「サン・パウロは紫だ」と書いてあったこともある。ポタンという花が咲くと、街中が紫に染まるらしい。

そのあと、米国に渡って、プリンストン大学で講義をしたが、それを最後に帰国したようである。長い外国暮らしでくたびれたと思い、小沼は「これからはのんびりしろよ」と声をかけたという。訃報が入ったのは、それから間もなくらしい。ようやくいたわりの声をかけたのに、ほとんどのんびりする間もなく、玉井はあっけなく死んでしまった。文中、小沼は絶句する。

14 やめて！　おっしゃって！

【必要な無駄】

この本も計画では、あと残り二章となった。ここからの終盤は、本書の中心的な話題だから、話をじっくりと進めたい。そういう伸びやかな語りのほうが、「必要な無駄」という矛盾めいたテーマにふさわしい。また、なぜか、著者も読者もいくらか寿命も延びそうな気がする。何しろこの章のテーマが、「間」と「ゆとり」をもたらすのに《必要な無駄》。そうして、最終章は、尽きせぬ《ヒューマー》。伝えたい話はあふれている。

書簡の構成は、「拝啓」と書き出して、時候の挨拶を述べ、気になる相手側の健康状態を問い、自分側の無事を伝えて安心させてから、肝腎の主な用件を述べるのが伝統的な順序となっている。型としては、そのまま結びの挨拶に入ってもいいのだが、親しい間柄の改まらない手紙では、その前に、ちょっとした無駄話をはさむことがある。

たとえば、鰤大根を煮る匂いに飼い犬が眼を細めているとか、先日公園で友人を見かけたが、連れの女性の真っ赤なベレエが気になって声をかけそびれたとか、どうでもいいことをちょっと書き添えるのだ。そうすることで、機械とは違う、今生きている人間個人の雰囲気が、相手の心に届くように思うからである。これがいわば必要な無駄というものである。文章にも、そういう、たおやかな余裕がほしい。

＊

夏目漱石の初期の長編『吾輩は猫である』などは、作品全体がそういうゆたかな無駄だとも言えそうだ。偉そうに「吾輩」と名のる語り手は人間ならぬ猫で、日本語が達者、珍しく鼠を捕りに行っては、「春の日はきのうの如く暮れて、折々の風に誘わるる花吹雪が台所の腰障子の破れから飛び込んで手桶の中に浮ぶ影」云々と風流な情景描写までこなす。それでも、あまり世の中のためになっているようには見えない。

主人公の苦沙弥など、何の取り柄もないぐうたら人間に描かれる。学校の先生だが、俗人が「わからぬ事をわかったように吹聴する」のに反し、学者らしく「わかった事をわからぬように講釈する」。講義がわかりやすいと軽く見られるのは昔からだと読者は覚る。

駄弁、駄法螺のわれらが迷亭先生など、年がら年中「酩酊」しているかのごとく、扱いに困る好人物だが、世間に役立つことだけはしそうにない。

つまり、作中に登場する人物は、その生き方はもちろん、それぞれの存在そのものさえ、そろいもそろって、うらやましいほどの無駄に思われる。

しかし、その無駄が読者をひきつけるのだ。金田夫人の偉大な鼻は「三坪ほどの小庭へ招魂社の石燈籠を移した時の如く、独りで幅を利かして」おり、「ひと度は精一杯高くなって見たが、これでは余りだと中途から謙遜して、先の方へ行くと、初めの勢に似ず垂れかかって、下にある唇を覗き込んでいる」。読んでいて、こういう無駄が楽しい。

*

漱石に限らず、そもそも文学というものは実学ではないから、世間で具体的には役に立たない。そういう無駄を楽しみ味わうのが、むしろ文学の本道なのかもしれない。大村彦次郎の『荷風 百閒 夏彦がいた』によれば、漱石の弟子の一人である内田百閒にこんな逸話があるという。空襲で罹災後、隣接地の掘っ立て小屋を借りて雨露を凌いでいたころ、そのバラックで夜中に便所が風に吹き飛ばされ、他人の家に舞い込んだ紙を拾いに行くのが大変だったそうだ。悲惨な話だが、そこは百閒の逸話でもあり、どこか滑稽で笑わずにはいられない。

こんな話も載っている。銭形平次の捕物帳で名高い音楽評論家の野村胡堂。妻が親しくしている女性の息子が早稲田の理工学部を卒業し、仲間と東京通信工業という全社員五人の小会社を興すが、金策ままならず、やむなく知人の世話になる。人気の捕物帳の印税が入る野村家に借金を申し込んだらしい。

テープレコーダーを手がけ、トランジスタラジオを開発して人気の出たところで、社名を「ソニー」に改称。その株が天井知らずの高値をつけると、証券会社が今売れば大儲けになると野村家に押しかける。胡堂は「井深君のために買ったのだ、金儲けを考えるなら作家なんか辞めちまう」と一蹴したという。人間の生き方を映す爽快なこの逸話、おのずと読者の頬は緩む。

＊

サトウハチローの随筆集『落第坊主』に友人の画家が犬屋になった話が出てくる。シェパードを十頭仕入れ、大金を投じて犬小屋を創建。ハチローはサトウ家の三倍もするその鉄筋の小屋に入り、降る雨を鉄格子越しに眺め、犬の匂いに包まれながら、うつらうつらしていたという。狭いなりに気分にゆとりがあり、浮世離れした生き方がほほえましい。

こんな昔なつかしい話も載っている。足駄や下駄や日和下駄の歯入れ屋が、これもめったに見なくなった蓆《むしろ》の上に、あぐらをかいて作業をする風景だ。鑿《のみ》で歯を削るとあぐらの中に鉋屑が飛ぶ。その光景を飽かず眺めながら、ハチローは「春などはそのカンナくずの上に、かげろうがはずんでいたりした」と描きとっている。

網野菊の小説『熊のオモチャ』に、作家仲間と刑務所見学に出かけるところが出てくる。バスに「刑務所行き」と書いてあるので、出発すると、通行人の目が気になる。事実、途中の停留所で、乗りこんで来た客が、そうと知ってあわてて降りたほどだから、その気持ちはよくわかる。このくだりで、思わずにやりとする読者もありそうだ。

＊

俵万智の歌集『プーさんの鼻』に「地球儀の日本列島むずがゆき感じするなり桜咲くころ」という一首がある。感覚的発見で、読者にも何となくわかる。別の歌集『オレがマリオ』には「お土産にされて売られて本当は誰のものでもない星の砂」というのが出てきて、まさにそうだと、はっとする。

また、米川千嘉子の歌集『あやはべる』には、「パパとママはいまけんくわしてますと配達の人に言ひたる四つの息子」という作が出てきて笑ってしまう。思わず配達人の頬は緩み、両親は顔を見合わせてにやりとし、わが子への思いが広がる。

串田孫一は随筆『曇時々晴』で、紹介状のない訪問客には面会しないとまで言う勇気はないと前置きし、こんなふうに続ける。相手が紹介状を持参して現れても、それに「貴殿ノ御命頂戴致シ度キ由、然ル可ク」などと書いてあったら困るというのだ。こんな物騒な紹介状を想像するのは、茶目っ気たっぷりのいたずら心か。それとも、詩人の想像力か。サイン入りで届いた本だから、著者の人柄まで読みとってしまう。

＊

永井龍男の随筆にも時折、どきりとすること、はっとすることが出てくる。『落葉の上を』所収の一編「日向ぼっこ」には、自分のとんだ勘違いで勝手にぎょっとする失敗談が出ている。市長に請われて鎌倉文学館に通うことになり、この自治体勤務の初日、すなわち開館式の当日、玄関で「行ってくるぞ」と声をかけると、「家人」が「ゴシュッカンですか」と後についてきた。なに？ ご出棺だって？とどなりつけようとして、文学館に向けて出発するのを「ご出館」と言ったことに気づいたという。こういう考え過ぎによる失敗は誰にでもありそうだ。

大村彦次郎の例の『荷風 百閒 夏彦がいた』という本に、永井のこんな逸話が載っている。紅茶を「紅茶茶碗で喫むのと、コップで飲むのとでは味が違う」と言って、新聞界の長老阿部眞之助に笑われたというのだ。よけいな感情を差し挟まないのを身上とするジャーナリストとは違って、文学の道に生きる永井は、微妙な感情がらみの感覚を大事にする。日本酒も猪口に注いで飲むのと、コップやグラスで飲むのとでは味が違う気がするし、味噌汁もお椀と紅茶茶碗とでは風味が違うように思う。

これは笑って済むほど単純な問題ではないから、「お汁粉をスープ皿に、刺身を西洋皿に盛って、いちど阿部に食べてもらおうか」と思ったという。カレーライスを小鉢に盛るとライスカレーに逆戻りするわけではないが、「ものは器で食わせる」という日本文化では、ステーキを重箱に並べたり、鰻の白焼きをジョッキに詰め込んだりすると、イメージが違って味も落ちるような気がする。

＊

感覚の繊細なこの作家は、そういう食感だけではなく、ことばのセンスも鋭い。『縁さきの風』の一編「朝顔の鉢」で、「オチャッピイ」という、今ではほとんど消えてしまった昔なつかしいことばの語感にふれている。こちらは昭和の生まれだが、自分で遣ったことがなく、誰かが言うのを耳でじかに聞いた記憶もない、知識だけのことばである。だが、永井は辞書の解説にどうも納得がいかないようだ。「オチャッピイ」は「多弁で滑稽なまねをする娘。おませな小娘。」という語釈は、下町生まれの自分の語感にぴったりこないという。

「おてんば」なところもあるし、「おきゃんな娘」にも、「はねかえり」という俗語にも似たところがあるように感じるからだという。東京の下町には、たしかにそういう感じの娘がいて、年頃というにはまだ少し間のある、「色気抜きの可愛らしさが、言外に含まれていたような気がする」と、語釈の行き届かないところを、卓越した作家の語感で解説する。

同じ本の「秋の夜長」という一編では、複雑な心理を体験話で結ぶ。東京から夜更けて鎌倉駅に帰りつき、星空を仰ぎ仰ぎ自宅に向かう。森閑としたなかに、表通りの店が一軒だけ「明々と灯を外へ溢れさして」いる。「緋毛氈の端へ掛けて将棋をさしている人、一升瓶を傾けて相手に酒をすすめている人など、町内のお神酒所は秋の夜長をたのしんでいる」。そこに「今晩は、と声をかければ、どうぞ一休みしていらっしゃいと気易くすすめてくれるに違いない」と思いながら、「邪魔をしてはなるまいなどと自問自答して」なぜか立ち寄らない。

そのくせ、「お神酒所を振り返り振り返りして家に帰った」という。その気持ちは何となくわかる。読者もうなづきながら、どこかくすぐったく、にやりとしそうだ。

みずから雑文集と銘打つ『夕ごころ』所収の「夕ごころ」の一編に移る。近年、初湯をつかう折にきまって、こんなことを考えるようになったと記し、「もう一度、新調した風呂にひたることが出来るかどうか、おのれの限られた寿命に思いの及ぶ」ことを述べている。新しい木の香をしみじみ懐かしく思い出しているのだろう。

＊

同じ本の「去年の銀杏」にはこうある。「いちょう」と書くとすぐ「胃腸」を連想するとまでは書いてないが、「い、て、ふ」と歴史的仮名遣いで表記すると、「風のない日に、一葉二葉と静かに葉を散らす、あの黄葉の姿を、そのまま平がなで表しているように思える」とある。特に「ふ」の字形からの連想も働いて、たしかに、色づいた葉が舞い散るイメージが自分でも浮かぶような気がする。

が、専門の関係で歴史的仮名遣の文学作品にしばしば接してきた人間として、そこには郷愁も働いているかもしれない。旧仮名に接した経験のない世代の日本人でも、はたしてそうなのだろうか。

『東京の横丁』に「小錦の余波」という随筆があり、おおかたは相撲の話だが、結びに永井自身が怪我をした話がある。掘り炬燵から立ち上がる際、座椅子のアームに足を引っかけ、茶の間から縁側に転倒したのだが、その際、敷居で胸を強打し、一瞬、息の根が止まる。

連休明けに外科でレントゲンを撮ったが、骨折はなく安堵したものの、「肋骨の痛みは日を経るにしたがって次第に深刻」になったという。この一編を永井はなんと、「胸の痛みに耐えかねて」などと「平素軽蔑している歌の文句」を思い出す一文で閉じる。むろん、この歌の文句の「胸の痛み」は失恋などによる精神的な苦痛を意味する、などと解説するのは野暮の骨頂だろう。

なお、この本の「あとがき」で娘の友野朝子が父の実際の最期をこう語っている。死因は心筋梗塞だが、入院の二日前に、「俺は二、三日うちに死ぬ気がする。晩飯の支度なんか放とけ。淋しいからお前もここに坐って一緒に話でもしよう」と妻を呼び寄せたという。

ある日、残された父の日記帳を恐る恐るめくると、「死よりも死損うことが怖い」という一行が飛び込んできたという。

＊

井伏鱒二の『昭南日記』にこんな話が出てくる。人間が「指を摩り合わして音を」出すと、「山鳩もよく心得て、その指の音に応じ、お辞儀をしてククククク……と鳴いた」という。『猫』では、空襲の際に防空壕に飛び込むと、チャボも飛び込むが、「敵機と味方機の区別なく」という当然すぎる無駄なことばを挟んで「雄を呼びながら頭を隠している」と展開する。このような表現に接する読者は笑いながら、作者の筆の余裕を味わう。

『私の動物誌』には、タヌキとムジナとの三好達治独特の見分け方が紹介してある。どちらが化けても、紺絣の着物をきて目籠を背負った草刈娘の姿になるし、どちらも「鄙にまれなる美人」だが、ムジナの場合は「手の甲までも」染まっているのに対し、タヌキの場合は「白い手」のままだという。どちらも眉唾ものだが、さりとて反論する手もないのがおかしい。

『七つの街道』には、魚の臓物で薬品をつくる工場が登場する。「物すごい臭気が漂う」のだが、新婚旅行の二人には「こんなに楽しい思いで鼻をつまむことはないであろう」と展開する。見かけたわけではないだろうから、よくこんな連想が働くものだ。

『年譜に憑かれていた人』に作家尾崎一雄のこんなエピソードが登場する。尊敬する作家、志賀直哉の作品『赤西蠣太』が映画化された折、その試写会に出た尾崎は、「原作、志賀直哉」という字幕が現れた瞬間、「脱帽」と「号令をかけた」という。冷静に考えれば大人のふるまいとは思えないが、初心を忘れぬひたむきな気持ちから、思わず飛びだしたのだろう。こういう子供っぽさも、読者の心を開けっぴろげにする。

＊

『釣人』は釣の師匠、佐藤垢石の思い出を綴った一編。鮎釣のお供をしたこともあり、「釣をするときは山川草木に融けこむ」よう指導されたらしい。のちに垢石はそのことを随筆で、井伏が「大鮎を十二尾も釣った」と書いたという。井伏当人が「私に代って法螺を吹いてくれた」と白状している。

その垢石、風の噂によると、入院中に「酒が飲みたい一心で病院から逃げだした」らしく、「芸者を月賦で請出した」という話もある。その破天荒ぶりに読者は呆れて笑い出すが、井伏は「飲屋で附《つけ》にして一升飲むようなもの」だから、月賦で払っても「理に反すること」にはならないと弁護する。
井伏は漢詩を奔放に訳した。たとえば、「懐君属秋夜」という中国の古い詩を、親しい文学仲間への思いにすりかえ、素知らぬ顔で「ケンチコヒシヤヨサムノバンニ」などと訳す。「ケンチ」は「ケンちゃん」、親しい文学仲間、評論家の中島健蔵をさす。「出門何所見」と始まる漢詩は、「ウチヲデテミリャアテドモナイガ／正月キブンガドコニモミエタ／トコロガ会イタイヒトモナク／アサガヤアタリデ大ザケノンダ」と変身する。「高陽一酒徒」すなわち高陽の酒飲みが、「阿佐ヶ谷辺りで大酒を飲む」のだから、翻訳というよりも替え歌に近い。

*

そういう井伏の弟子筋に話を移そう。小沼丹の長編エッセイ『清水町先生』は、杉並区清水町に住んでいた井伏鱒二に関する思い出を集めた作品。戦時中に「軍に迎合」しなかったこの作家は、「左翼全盛時代に左傾」することもない。新宿中村屋でしつこく共産主義に誘う太宰を、駅まで歩く間に撒いてしまったという逸話もあるほどだ。井伏には「時流にのるものに本能的に反撥を感ずる」性癖が見てとれる。「照れ臭くてかなわぬ」のだと弟子の小沼は解釈する。

一方、師匠のこんな逸話を伝えている。当時はよく阿佐ヶ谷あたりで飲み歩いたようだ。北口の店へ行こうと中央線の踏切が開くのを待っていたが、電車が高架になる前で、そのころは踏切がなかなか開かない。すると、井伏は突然「都の西北」を歌いだしたという。

二人の母校だから選曲に不思議はないが、長年つきあっていても師匠が人前で歌う場面に遭遇したことが一度もなかったから、あっけにとられたのだろう。あいにく、その歌唱の節まわしに関しては言及がない。「俺の青春はあと三日しかない」というのが、そのころの井伏の口癖だったとあるから、なじみの店に向かって気分的に急いでいたのかもしれない。

小沼の初期の随筆『小さな手袋』は、酒場で隣り合わせた仏頂面の男の話。店の女が「またいらして」とにこやかな笑顔を見せると、男は「いや、二度と来ない」とまるで愛想がない。男が外套のポケットから落としたものを女が拾って渡す。小さな赤い手袋の片方だ。まだがさがさ探していると思ったら、もう一つの手袋。「あら、可愛い手袋ですわね、お孫さんのですか」と女がにこりとすると、「子供のだ、三つ目だ」と男。「お子さん、三人いらっしゃるの？」と応じると、「違う。直ぐ失くすから、また買うんだ」と言う。

話を聞いていると、郊外の遠い町でパンを焼いているらしい。やがて男は勘定を済ませ、よろよろとした足取りで出て行った。

しばらくして、小沼が手洗いに立とうとすると、足もとに、例の手袋の入った包みが落ちている。拾って手渡すと、女は眼を丸くして、「あら、あの人、買ってもすぐ失くすって云うから、子供かと思ったら、そうじゃないのね」。よく落とすあの客はたぶん、もうこの店に来ないだろう。

『トト』に移る。同僚のフランス語の先生が郊外の雑木林の奥に住んでいる。門もなく、道から住居が見えないから、郊外散策の男などが入り込んで用を足すこともあるという。あるとき、散歩に出ようとした先生、「若い女が用を足していて」「唖然としたらしい」。そんな話をしながら、「昔はヴェルサイユ宮殿の庭で用を足したんだからな」などと言い添える。話を聞いている側の書き手は、「これでは憤慨しているのか、喜んでいるのか判らない」と、おかしくなる。読んでいる者も同様だ。学部時代に自分もフランス語を習ったことのある先生だから、こちらはなおさらだ。

＊

『登高』は誕生日にちなむ話題である。小沼は大正生まれ、九月九日が誕生日である。陰暦のこの日は「重陽」の節句にあたり、古く中国では山に登って菊酒を飲んだので「登高」とも言う。この作品で作者は、山の代わりに百貨店の最上階にのぼってビヤホールで祝う。

ちなみに、当方は昭和だが、やはり九月九日が誕生日。何やら縁を感じる。妻も小沼夫人と誕生日が同じだと、ずっと後になってから判明し、あまりの偶然に笑った。だから文学的にどうだということは全然ないが、こういう不思議なめぐりあわせは、やはり微笑を誘う。

『庭先』は蝦蟇《がま》が主役。伏せておいた棟瓦の下から蝦蟇が二匹這い出すと、それを「うちの蝦蟇」と言い、時には大家気分で「店子の蝦蟇」とも呼ぶ。二匹だと「夫婦」にきめてしまう。山鳩がしばしば飛んでくると「遊びに来た」と解し、「二羽で挨拶に来た」と書くこともある。それを夫婦扱いして「目出度く伴侶を見附けた」と表現する。そうして、「山鳩の亭主」は「細君に挑み掛」り、「細君はさり気なく逃げている」と解釈し、この作家は「お止しなさいな、みっともない、人が見てますよ」というせりふまで想像するのである。

こういう性癖はほとんど体質的なものらしく、後年の随筆『郭公とアンテナ』でもこんな実話を披露している。「何某君から電話が掛って来て」、「うちの上でいま郭公が啼いているが、聞えるだろうか？　是非聞いて欲しい」と言う。夫にそんな話を伝える小沼夫人が「まるで我が家の郭公を自慢するような調子だった」と感想を述べるほどだ。ちなみに、この「何某君」はたぶん同じ井伏門下の作家、吉岡達夫だろう。小沼の家のすぐ近所に住み、いっしょに散歩する仲間でもある。

『片片草《ぺんぺんぐさ》』と題する古い随筆に、中学時代のこんな思い出が披露される。メダルに浮き彫りになっている人物の肖像を「セルヴァンテスだぜ」と得意になって友達に説明している場面だ。あいにくそこを米人教師が通りかかり、「ノオ・ノオ・シェイクスピア」と訂正されて、面目が丸つぶれ。

悔しまぎれに、何か両者の共通点はないかと調査した結果、どちらも同じ一六一六年に死去している事実が判明し、「頗る満足した」とある。没年が同じだから風貌が似ているわけではないから理屈は通らないが、いくらか面目をほどこしたようなその気持ちはよくわかる。

『蒸気機関車』という昔なつかしい題の随筆に移ろう。「客が来て酒を飲んでいる」ときに「蒸気機関車のレコオドを掛けて悪戯する」とある。列車の音がしても客は気がつかないからじれったい。「途端に轟然たる地響を立てて直ぐ傍を汽車が通り過ぎる」とさすがに「吃驚仰天して暫く口が利けなかった若い女性」もあったらしく、この作家は満足げにそう記している。話もおかしいが、作者の稚気に呆れて、読者は笑いだす。

＊

同じく井伏門下で次に庄野潤三をとりあげよう。小沼の風雅の友でもある。大学教授でもあった小沼が研究休暇という制度で半年ばかり英国に渡り、倫敦を中心に悠々と過ごすが、その間、庄野潤三は「定期便のように手紙をくれて」ありがたかったと小沼は記している。

井伏がらみの話題から入ろう。『ワシントンのうた』によれば、大学生のころ『丹下氏邸』という本を店で見て、著者の写真が気に入って購入したのが、井伏作品との出会いだという。どこか自分が魅かれる風貌と感じたのだろう。

井伏宅で執筆活動の現況が話題になり、書きたいことはあるが、どう書くかで悩んでいると言ったら、井伏はこんなたとえ話を出したという。「ハエがね、硝子障子から外へ逃げだそうとして、こっちへ行けばさっと外へ抜け出せるのに、一つところを行ったり来たり」そんなことがよくあると言ったらしい。素人には何のことやら見当もつかないが、庄野は「気持を切りかえ」ることだと考えたらしく、「八方ふさがりの窮状」を脱したという。

阪田寛夫の『庄野潤三ノート』によれば、この作家は、「机に向って仕事場で目に入る角度の中のものに限定することによって、どこまで微細に丁度いい間をとらえられるか」を小説の主軸にすえたらしい。そういう「間」のたとえとして、「雫の音がなくなった時に沈丁花の匂いがしてくる」という一例をあげたという。聴覚と嗅覚でとらえた絶妙な間である。

作品から実例を探してみよう。『庭の山の木』では鶯の食いっぷりをこう描きとる。人間は口と箸を動かすだけで物を食うが、「うぐいすはからだごと、あぶらみにぶつかるようにして食べる」から、もっと食べろと「応援したくなる」という。『つぐみに学ぶ』では反対に、つぐみは「物をむさぼるというふうには見え」ず、飲んでいる「水のごとく、淡泊な趣がある」という。それを見て、「いつでもやめる、やめてもいいんだという心持で、これから先も無事息災に酒を飲みたい」と学びとるのだから、並外れた理解力に呆れる。

『野菜讃歌』にこんなやりとりが出てくる。「玉葱を富士の見える軒下に吊してあります」とはがきに書いて出したら、相手から「富士を眺められる玉葱が羨ましいよ」という返事が届いたという。むろん誤解ではなく、玉葱を人間並みに扱ったユーモアだ。

『イソップとひよどり』中の「竹の柄の傘」という随筆では、相手の心理的負担を軽くする意外な提案を披露する。「せっかく傘を貸してくれても、また返しに来ないといけないとなると、億劫なもので、少々の雨なら、傘なし」でいいという気になる。だから、「家に古くなった、折畳み式」の傘が何本かあると役に立つという。古いぼろ傘を見れば、客は返しにこなくてもいいと気楽に借りて帰るからだ。「少し新しいのを補充しておかないと、ぼろ傘というものが足りなくなる」と続くから、わざわざ古い傘を補充するのかと読者はにやりとする。

『せきれい』には、「インド風辛口」とあるカレーの缶を贈ったところ、長女から「たるんだ気持が吹き飛んで、直立不動の姿勢になるくらい辛くておいしい」と書いた礼状が届いたとある。「直立不動」という思いがけない形容に、読者は納得の笑みを浮かべることだろう。

＊

『メジロの来る庭』にこんな話が出る。近所から茹でた蟹を頂いた折、庄野夫人がお礼の電話をかけ、「庄野はカニでお酒を飲み、泣いて居ります」と伝えたという。ところが、「そういってくれと私が頼んだ」と続くから、笑いの絶えない家庭の雰囲気が浮かぶ。

『庭のつるばら』にはこんなシーンがある。随筆で近所の山田さんのことに少しふれたから、それが載った雑誌『文學界』の八月号に、京都の佃煮の箱を添えて庄野夫人が挨拶にうかがう途中で、ばったり山田さん当人に会ったという。夫人はそのことを「山田さんは大へんよろこんで居られた」と庄野に伝えるのだが、相手の喜んだ対象を、「文學界」も佃煮も、と同列に扱うのも読者の笑いを誘う。

一緒に扱うといえば、『鉛筆印のトレーナー』にこんな場面が出る。次男の家のそばまで来ると、女の子が四、五人走って来た。その一人、次男の娘のフーちゃんが気がついて挨拶する。走りながらだから「こんにちはー。さよならー」だけだ。庄野としては「呆気ないなア」と思うが、黙って駆け抜けるよりはましだ。

随筆集『山の上に憩いあり』によると、文芸評論の河上徹太郎は酔うと、店でなくても「お勘定！」と叫ぶくせがあったらしい。庄野家で飲んでいるときも、それを頻発したそうだ。自分の皿に残っているフィレ・ステーキを指さして「これ、貰って帰る。お勘定！」と叫び、相手が「慌てるのを見て喜んで」いたという。どうやら閉会の合図ではなく、「嬉しさや喜びの表現だった」ようだ。

同じ本に英文学の福原麟太郎から届いた手紙も出ていて、「数年前たしかにすこし馬鹿になり、このごろ少々改善したのでしたが」とあったとか。庄野はそれを「ちっともわざとらしくないばかりか、しみじみとおかしいのはこの人の芸といわなくてはいけない。徳といい直してもいい」と感じ入る。深々としたとらえ方が読者の心にしみこみ、おのずとおかしみがひろがる。

『誕生日のラムケーキ』中の「童心」という一編には、その福原麟太郎が犬と散歩している写真が出てくる。その愛犬クロのようすが、こう描かれる。「カメラマンの存在をまるで無視した、ご主人とふたりきりのつもりらしい」とあり、「いそいそとした足取りなのがおかしい」と続く。犬を飼ったことのある読者は大きくうなずいてほほえむことだろう。

＊

今度はその福原麟太郎自身のエッセイ。『本のささやき』という身につまされる話から入ろう。まだ読んでいない本が山と積んであるのを見ると憂鬱になることがあるという。死ぬまでかかっても読みきれないと思うからだろうが、一ページも読んでもらえなかったことを恨む本もありそうに思うらしい。これは恩師の岡倉由三郎、あの「茶の本」の岡倉天心の弟にあたる、英語英文学の泰斗の逸話をふまえている。岡倉先生は、一度も読まれなかった本たちが書庫で「夜もふけわたる丑満時《うしみつどき》」にその不幸を訴えているような気がしてくる。一念発起して早期に退職し、その罪ほろぼしに読書に没頭する生活に入ったという。

『泣き笑いの哲学』に、愚かさにぐっとくる話がいろいろ出てくる。狂言にも人間の愚かさが胸を打つものがあり、その一例として、京の都に長逗留しているうちに寺参りをし、鬼瓦を見て急に泣き出した男、それが国許《くにもと》に残して来た山の神の顔にそっくりだったから、というから、ふつうは呆れる。ところが福原は、これは愚かしさというより人情に胸がきゅっとなるのだと解釈する。

落語にもある。三代目小さんの演ずる「碁どろ」は、深夜に響く碁石の音も冴えたという。二人が囲碁に夢中になっている座敷に、盗んだ着物を大きな風呂敷に包んだのを背負った頬っかぶりの泥棒が現れ、いろいろ碁のアドバイスをする、そんな浮世離れした噺だ。主人が、お前さんはどなたかと尋ねると、正直に「どろぼうです」と答えるのも笑わせるが、それに主人が「また、たびたびいらっしゃい」と応じる落ちがふるっている。対局中にいろいろ教えてもらった恩人という待遇だろうが、人間、夢中になると、立場も常識も、そういう肝腎のことを忘れてしまう、そんな哀れさが嬉しい。

次は『好色の戒め』。戦後の性の開放が度を越して、電車の中はまるで「閨房の秘戯」とお堅い人が嘆くまでに、あけっぴろげになった。流布している好色本はそのために書いた下手な小説だから、すぐ飽きられるという説もあるが、「小説が下手か上手かの見分けのつく読者」のところへは行かないのだから始末が悪い、と福原は悩む。

「おしゃれが過ぎると、いやな気持がするのは、好色が露出しているから」で、その慎みのなさが嫌なのだという。「ほのかな艶」が好ましく、能楽師の喜多六平太の演ずる舞台の艶麗さは「したたる如き美しさ」で、「仄かな花」であったと自らの感動を静かに熱っぽく語る。そうして、「粋」だとか「さび」だとか「洒脱」だとか「枯淡」だとかに共通する「ほのかな艶」こそ日本人の伝統的な美意識だったのだと、福原は核心を突いて結ぶ。

英国を訪れて感じたことをいろいろ書き残している。『イギリスの古さと新しさ』と題するエッセイでは、「妙な国である」という結論から書き始める。「毎年議会を開いて、臨時に陸軍を置くという決議をしている」というのが、その一例。われわれは、こうしてやって来た。矛盾していてもかまわない。困るところを直せばいい。「個人が幸福に自由に暮してゆける社会がイギリスだ」というのが、伝統的なイギリス人の生き方なのだという。

「悪い教師から英語を習うのも上達の法」の一つだという奇妙な論及もある。一見矛盾しているように思われるが、「毎時間毎時間先生をやっつけるために、必死になって下読みする」という論拠が指摘されるから、笑い棄てるわけにはいかない。

「老大国」という一編にも、イギリス人の考え方が例示されている。日本人は基本的に「ものは永持ちしない」という感覚だから、たいてい消耗品として買う。ところが、老大国イギリスでは、基本的に「安くてすぐこわれるようなものは、生活を豊かにする役に立たない」と考える。だから、消耗品といえども、二十年は使えるように作っているという。はたして今でもそうなのかは知らないが、国民性の違いが思い知らされて、興味深い。

東京教育大学の教授であったところ、福原は学長の代理を務めたことがあり、その実情をふりかえったエッセイ『大学学長たる亦難し』を紹介する。学長乗用車で送り迎えされるが、戦後間もないころだから、おんぼろ車で、道路もでこぼこ。そういえば学長が頭のてっぺんを時おり怪我しているという噂があり、まさかと思っていたが、実際に乗ってみて疑いが晴れたという。

講義をしながら学長職も代行するのだから忙しい。研究や執筆の仕事がたまっているが、夏休みまでは手につきそうにない。そう諦めていたら、番頭役の事務局長が、学長は教官ではなく事務官だから、夏休みはないという説明。休み中の計画はすべて吹っ飛び、そこで、なぜか雑誌の小説のページをめくった、というのがおかしい。破れかぶれになると軽い文学で憂さ晴らしをするのか知らん？

＊

その福原が愛してやまない英国の随筆家チャールズ・ラムに話を移す。山内義雄訳で『エリア随筆』中の一編「南海商会」の一節を紹介しよう。「訴訟問題を起こすことが道楽で生きていて、他人の証文を買いとった、あの変り者のウーレット」について、「この男の重々しさから、ニュートンが重力の法則を考えついたとも思われる、いっそうの変り者」とある。「重々しい人物」から「ニュートン」を連想する、とっぴな流れにも、ラムのいたずら心が垣間見える。

平井正穂訳で「酔っぱらいの告白」を読むと、「たった一晩だが禁酒しようとしたある男がどんなに苦しんだか、その例を私は知っている」と始まり、酒が気持ちを「暗澹たるものにすることとは百も承知」の上で、ともかくも「煩悩を脱するためにはこの試練に堪えなければ」と思いつつ、「絶叫し、大声をあげて男泣きに泣いたのを私は知っている」と他人事めかして大げさに語る。が、すぐ、その男が、ほかならぬ自分自身であることを白状する。このあたりは、どちらの例も、おどけた筆致が読者を楽しませる。

ところが、「夢の中の子供たち」となると、だいぶ雰囲気が違ってくる。もしも若き日に恋人アン・シモンズと結婚していたら、ひょっとすると生まれてきたかもしれない二人の子供を想像し、夢の中で戯れる一編だ。作中では相手が「アリス」という名になっている。ある晩、その生まれたかもしれない子供たちが夢の中に姿をあらわす。亡くなった美しい母親の話を請われるままに語っていると、聞いているアリスの目に、母親のアリスの魂が「在りし日の姿そのままに」現れ、こちらをのぞいている。それを眺めているうち、「輝く髪の毛」も母子どちらのものなのかわからなくなる。

そのうち子供たちの姿が次第にぼやけ、遠のいてゆく。そうしてつぶやく。自分たちはアリスの子供でも、あなたの子供でもないのです。いや、子供でなんかなく無にひとしいもの、夢想された願いにすぎません……そんな意味が語られているうちに夢が覚める。たわいもない空想だが、読者の胸はじっとりと潤うことだろう。

＊

戯曲『桜の園』で知られるロシアの劇作家アントン・パーヴロヴィッチ・チェホフは、短編作家でもある。笑顔の写真が一枚もないと言われるほど、ほとんど笑うことなく一生を終えたらしい。ロジェ・グルニエの『チェーホフの感じ』によると、「心が氷のように冷え切るまで筆をとってはならない」と言い、「泣き言を言わずに裁判調書のような文体で簡潔に書く」ことを主張したようである。

しかし、自分は笑わなくても、相手をからかうような言動は珍しくなかったようだ。女に「あなたを虎のように熱烈に愛しています」という求婚の手紙を書いても、差出人に「家畜小屋係」と署名して、まじめなラブレターでないことがわかるようにしたり、やぶにらみの相手に「お返事は身ぶりで」と書いたりしたという。

読者を笑わせようという試みも珍しくない。「黙って生まれ、黙って生き、黙って死に、そして黙って埋葬された」などと、当然のことにわざわざ言及する意図もそれだろう。幸福というものを信じていないこの作家は、人生を悲惨な姿で描けば、どうしてもユーモラスになると考えていたようだ。

15 名刺がひらひらと舞い

【ヒューマー】

「天上大風」と筆を運んだ良寛の書に、なぜか心惹かれる。のびやかな書風、何ものにもとらわれない運筆の妙に魅せられる面も確かにある。が、一方、「天上大風」ということばそのものに、ぐっと引きつけられるのも事実である。上空を風が吹きわたるイメージの奥に、夏目漱石が晩年の理想の境地とした「則天去私」にも通じる、ものにとらわれない心を感じとってしまうのだ。

東郷豊治編著の『良寛全集』にその由来書が載っている。それによれば、良寛上人が在りし日に燕駅で「乞食《こつじき》」しているときに、小さな子供が紙を持ってやって来て揮毫を頼んだという。良寛が、何に使うのかと問うと、「風箏」すなわち紙凧を作るので「天上大風」と書いてくれ、と良寛に頼んだという経緯が記されている。

その子としては、紙凧が強い風で空高く舞い揚がるように、と願ったのだろう。が、読者はそういう物理的な期待の奥に、気象現象を超えた深い意味合い、清浄な天界にみなぎる爽やかな雰囲気とか、気高い人の澄み切った心境などを想像してしまう。

＊

一方、漱石の『吾輩は猫である』のラストシーンにも、人生というものを考えさせる記述が現れる。「短かい秋の日は漸く暮れて、巻煙草の死骸が算を乱す火鉢の中を見れば火はとくの昔に消えている」という火鉢の中の描写に続いて、「さすが呑気の連中も少しく興が尽きたと見えて」と、暇をもてあまし、無駄話に時を過ごしてきた、およそ世の中の役に立ちそうもない連中が一人、二人と帰り、ついには「寄席のはねたあとのように座敷は淋しくなった」と続く。

その直後に、「呑気と見える人々も、心の底を叩いて見ると、どこか悲しい音がする」という珠玉の一文が現れる。そのため、このあたりをおのずと象徴的に読んでしまう。人間はこんなふうにして一生が過ぎてゆくのかと読者は考えるかもしれない。

＊

俵万智に「海の日が命日となる魚らの死体を煮つけ命いただく」という、どきりとするような一首がある。生きものの命をいただいて人間は生きてゆく。日常生活ではほとんど意識しないほど慣れてしまっていて、日ごろろくに恩も感じないが、考えてみれば、日常の食事そのものが実は残酷な仕打ちだったことに気づく。

串田孫一は『旅立つ火の粉』という随筆で、焚火をしながら「生命の終りを考える」と書いている。霊魂がどうのこうのというのではない。「火の粉となって炎から舞い上ってからは如何にも儚く消えて行くけれども、生命としてはそれぞれの木を育て葉を繁らせ、花を咲かせて実をならせ、長い歳月を木と共に地上に過ごして来た生命の終りとして、満ち足りて何処かへ飛んで行く」と解釈して、生きてきた命の終焉を見つめているのだろう。

＊

佐佐木幸綱は高校時代に国語を教わった俳人の中村草田男の生き方をこう語る。俳句の世界で「人間探求派」と呼ばれるように、花鳥風月の俳諧ではなく、自身の生き方を示す詩として作品を発表してきたと考える。よく知られる「万緑の中や吾子《あこ》の歯生え初むる」は、降るように緑旺んな（井の頭）公園を散歩しながら、ふと、抱いているわが子の顔をのぞくと、口の中に何やら白いものが見える。あ、歯が生え始めたらしい。天地万象の緑の中で、はっと気づいた瞬間の感動を思わずもらした生命讃歌。中村清一郎という本名で国語教師を務める自分と意識的に生き分けようとしたように見えるという。

＊

阿川弘之や吉行淳之介、十返肇らとよくマージャンをした作家の藤原審爾は、人と別れたくないという理由で徹夜麻雀になることが多かったという。大村彦次郎『荷風 百閒 夏彦がいた』によると、肝臓がんで入院した病院でも人に会いたがり、見舞いに来た安岡章太郎の煙草を一本抜き取り、別れのつもりか、深々と吸ったらしい。

亡くなる数日前に、文学の師にあたる井伏鱒二が見舞いに訪れた際には、ベッドの上にきちんと坐りなおしたという。すっかり痩せおとろえた姿を眺めながら、井伏は十数分間在室したらしいが、その間、どちらも一言も発しなかったという。どんなことばも空しく響くことがわかっていたのだろう。最後の最高の時間だったような気がする。

＊

その井伏に『肩車』という随筆がある。幼い時に亡くなった父親を夢に見る話だ。「顔かたちだけでなく、後姿の恰好」も覚えているが、どうしても思い出せないのが声だという。それがある日、夢で父親が「しばらくだったね。どれどれ、久しぶりに俺が肩車してやろうかね」と言うのを聞いて、ようやく想像できるようになったが、何しろ夢の声、「遠くきこえるラジオの音響」みたいだが、自分の声にも似ていたとある。夢だから、それが自然なのかもしれない。

「肩車してもらっている子供というものは、半ば笑い出しそうに半ば真面目くさった顔をしている」とある。うれしいけれども、高いからちょっと怖いのだろう。楽しい夢はすぐ消えるので、父親のその「言葉を繰返し暗誦した」というから、その場面を思い浮かべると、何となくおかしい。

＊

永井龍男の『武道館界隈』という随筆に、関東大震災による町の変貌が描かれている。靖国神社と兵営と花柳界とが隣り合っている奇妙さについてはすでに紹介したから省く。神田の駿河台から、冬の夕方は「夕焼空を背に、黒いラシャ紙を切抜いたような富士」が見え、正月には「電車が日の丸の小旗を立て」て九段坂を上り下りしていたという。

明治大学下の横丁に住んでいて、「大正十二年九月一日の関東大震災で丸焼けになった」とある。地震よりも火災の被害のほうが甚大だったらしい。永井本人は駿河台から御茶ノ水橋を渡ったが、肩に背負った風呂敷包みが邪魔になるほどの人混みで、崖下に包みを置いて逃げたところ、翌日その荷物を取りに行ったら、すでに盗まれていたという。

その晩は麴町の「邸町が火の川のように燃えさかるのを見て過し」、自分にとっての「故郷の東京というものは消滅した」。今では「思い出だけが残り、そこには他人の街があるばかり」だという。

『豆をまく』と題する随筆に、「東京から鎌倉へ移って五十年」、その間、節分の夜は毎年、「谷戸《やと》の山へ向く雨戸を開き、渾身の力をこめて」豆をまいて、みんなの健康と幸福を祈るという。「残雪の明るい夜や、竹林に雨風の鳴る夜」、その空から「帰雁の声」を聞く夜さえあったらしい。

ここでの話題はもう一つ。撒いて残った豆を「小鉢に納め、生じょう油に酒を加えて浸しておく」き、「一夜明けた立春の晩」に「これをさかなに一酌する」。豆がほどよくふくらみ、「酒の友として好適である」とある。そうと知って、その日以来わが家でもそれに倣い、好評を博している。

もう一編、『美の誕生日』にふれたい。フランスの思想家ヴォルテールは「美人を花にたとえた人は天才だが、二度目に同じことを云った人間は馬鹿だ」と言ったとか。たしかに若い人の美しさは「花」に喩えるとぴったりくる。人は誰でも、いつまでも若くありたいと願うが、現実には叶わない。

亀井勝一郎は、人生には四つの誕生日があるという。永井の説明を要約すると、第一はもちろん「母の胎内から生れ出た日」、第二は「青春に自我の目覚める日」だとする。そして第三の誕生日は「再生の祈りのわき起る日」で、この世に生きて、さまざまな苦しみや身の汚れを痛感し、真の安心立命を得たいと念ずる「発心」の日で「宗教的誕生日」とも言える。そうして、四つ目の最後の誕生日は「死の到来する日」であり、神や仏として生まれ変わり、あるいは周囲の人々の心に「思い出」として生まれ出る時だという。

永井は教訓的なところには不満だが、たしかに人間の美の開花は一度ではないと展開する。格別に目立つこともなかった人が、ある時から麗しさを増し、若いころに美しいと評判された人が、成熟して急に若さを失う事実をこれまでしばしば見てきた。それぞれの世代の美しさが人を魅了するのが人間だとして、永井は一編を結ぶ。

＊

小沼丹の随筆『のんびりした話』に、酔って記憶をなくす実例がいろいろ出てくる。鎌倉の林房雄のお宅で御馳走になり、そのまま眠り込んだらしい。三笠宮も泊られたという立派な部屋で眼を覚ますと、酔って相手をさんざん攻撃したと言われて仰天。友人から「日曜日はどうした？」という電話があり、子供を連れて遊びに行くと約束したのを忘れていたことが判明した経験もある。

先日、庄野潤三と飲んでいて、新宿の小田急デパートにいい店があるから行こうと言われ、海老の串焼きなどを肴にのんびり飲んだらしい。ところが、翌日、庄野から電話があり、「今度は蓋のついたジョッキでビイルを飲もう」と言われて面喰う。自分としては、その折に蓋の附いたジョッキで飲んだ気でいたからだ。

『ステッキ』は井伏鱒二がらみの一編。井伏の随筆集『風貌・姿勢』を読むと、昔の文人はよくステッキを手に散歩したようだ。堀辰雄は室生犀星からもらった籐のステッキ、小林秀雄は志賀直哉からもらった上等のステッキ、中村正常は「由緒ふかい品物」である黄楊《つげ》のステッキ、永井龍男は「黒褐色の木でこさえて」ある立派なステッキを愛用していたという。井伏自身は今日出海からもらった籐のステッキを愛用したらしいが、今ではほとんど杖なしで歩く。

小沼が訪ねると、スネイクウッドのステッキを取り出し、最近ある人に貰った「由緒ふかい品物」だと自慢する。その晩、照れながら久しぶりにステッキ姿で飲みに出たら、「まあ、先生がステッキ？　ステキね」とマダムが笑う。

別の日に井伏家を訪ねると、「寒竹のステッキを作っているんだ」と言い、握りのところに「弄花香満衣」と彫ってある。これを持って歩くのかと聞くと「むずかしい顔」になり、「この文句が気に入ったから悪戯してるんだ」と言う。井伏家の庭に「寒竹がどっさり植わって」いて、株を分けてくれたので小沼は自宅の庭に植えた。ところが、しばらくして訪問すると、その井伏家の庭に「一本も無い」。家の中まで侵入してくるから植えるものじゃないと「井伏さんは憮然として」言う。

井伏からもらったと、作家の小田嶽夫が寒竹のステッキを持って小沼家に現れた。「飄飄たる風情」があるので当人に感想を尋ねると、「何となく趣があるね」という反応。この「何となく」がポイントなのだろう。

『落し物』という随筆に、こんな逸話が載っている。酔って帰宅し、悪戯半分で書斎に財布を隠しておいたら、翌日にはすっかり忘れていて見つからない。何日か経って、脚立に乗って書棚の高い棚にある本を取ったら、何か落ちて来て、それが財布とわかったときは嬉しかったらしい。

とたんに、良寛の逸話を思い出したという。落とした金を拾うのは楽しいものだと話に聞いて、良寛さんは持っている金を地面に捨てて拾ってみたが、一向に嬉しくない。そんなことを繰り返しているうちに、金がどこかに転がって見えなくなった。さんざん探してようやく見つけたときはほんとに嬉しかったという、あの話である。

胸を病んでいた妻が、治ったと思って美容院に出かけたあと、思わぬ喀血がもとで急死。洗濯屋の小僧が御用聞きにやって来て、眠い眼をこすりながら出て行くと妙な顔をするので、女房は死んだと状況説明をした。すると、相手は冗談だと思って笑う。その顔につられて自分もつい笑ってしまったと、後の随筆『十年前』に書いている。しばらく執筆を休み、その長い空白をはさんで、久しぶりに書いた小説「黒と白の猫」を岩波書店の雑誌『世界』に発表するまでの心境を述べたものである。

その小説で、べたべたする一人称を離れるために「大寺さん」を主人公にし、以後しばらく「大寺さん」ものの小説が続く。そのころの日記をめくると、娘の着物が届き当人が美容院で着付けしてもらうなどと書いてあって驚く。女親の領分に属することで、妻が生きていたら、自分が日記にそんなことを書くはずがないから、ほろ苦い味が残る。

『チェホフの本』という随筆の中に、ゴーリキーが「モスクワに着いたチェホフの棺に随いて行く筈の連中が、何かの間違で」、満州の方から「運ばれて来たケッレル将軍の棺に随いて行った」ことが書いてある。小沼は「チェホフの短篇の一場面を見るようでなかなか面白い」と評している。

そうして、ゴーリキーは「空気が澄切って、裸の樹立や狭い家や灰色の人物の輪郭が鋭く彫られている晩秋の物悲しい日のなかにいる感じがする」と書いているが、「難しい」「やさしい」「滑稽な」「憂鬱な」など、読む人によって違った、さまざまな姿を見せる「当のチェホフはそれらの読者を微笑を浮べながらじっと見ている、そんな気がする」と結んでいる。

＊

そのあたりを実際のチェホフの作品に探ってみよう。まずは『追善供養』。村の聖母教会で昼のおつとめが終わり、会衆が出て行っても、ただ一人、信心深い知識人、雄弁な小店の主人だけが残っている。ある女の「冥福を祈る奉献祈禱」を申し出ていたからだ。

神父は「これを書いたのはおまえだね」と、その鼻先に紙切れをつきつける。「神の僕《しもべ》たる淫売婦マーリヤの追善のために」と書いてある。「よくもまあ、こんなことが書けたもんだ」と、神父は腹立たしそうに言い、「その肩の上にのっかってるのは何かね、頭か。人なかで大きな声で言えないようなことばを祈禱書に書くなんて。意味がわかってるのか」と迫る。

「淫売婦ということばですか、主イエスは広い御心でお赦しになるし、エジプトのマリア様の伝記を見ても……」と蘊蓄《うんちく》を傾けて抗弁するが、「実の娘のことじゃないか！」と決定打を浴び、「彼女は女優だったんです」と口を挟むのが精一杯。

『退屈な話』は、名誉教授でもある三等官の帯勲者は、あまりに多くの勲章をぶらさげるので、学生に「聖像壁」と皮肉られる。禿頭で総入れ歯、首はコントラバスの柄そっくり、痙攣症で、しゃべると口が曲がり、にっこりすると顔じゅう死人のような皺だらけ。

『新しい別荘』には、「この世でつらくとも、あの世できっと幸せに」と言われても、何のことやら理解できず、「返事の代わりに、握った拳の中に咳払い」する人物が登場する。

よく知られた作品『犬をつれた奥さん』には、美人で冷淡で、人生で恵まれる以上のものをもぎ取ろうとする強欲な表情がちらつく女が出てくる。男は恋のさめるにつれて、「その美しさが小憎らしくなり、肌着のレースまでが、まるで鱗のような気がする」。

また、男でも、「甘ったるい微笑を浮かべ、ボタン穴には学位バッジ」が光っている例が出るが、そのあとに「まるでボーイの番号札みたいに」という比喩が続く。そういう皮肉じみた笑いが複雑な翳を帯びる。『いいなずけ』には「好いた同士は喧嘩も楽しみ」という格言じみたことばが出てきて、読者を深くうなずかせる。

あの有名な戯曲『桜の園』にも、ずいぶん年をとったと言われた使用人が、「わたしに嫁取りばなしがあったのは、おとうさまがこの世にまだ影も形もなかったころで」と言って笑わせる場面が現れる。

『三人姉妹』には、「あなたが好きだ、好きだ、眼が好きだ、立ち居ふるまいが好きだ、夢にまで見る」、すばらしい女性だ……と男にたたみかけられた相手が、「そんなにおっしゃられると、わたしなんだかおかしくなって、そのくせ恐ろしい」から「二度とおっしゃらないでね、お願いだから」と応じたあと、小声で「でも、やっぱりおっしゃって」と続ける場面が出てくる。

『チェーホフの感じ』の著者ロジェ・グルニエが、「羞恥心ゆえに笑いの下に隠されている哀しみとか、苦い薬のように冗談の糖衣にくるまれた真実とか」と解説しているように、チェホフの作中の笑いには、何かしらの陰翳が漂うように感じられるのだ。人生を絶望に近い「悲惨な姿で描けば、どうしてもユーモラスになる」というのが、チェホフの人生観なのだという。

*

庄野潤三の『貝がらと海の音』に、こんな場面が出てくる。友人の阪田寛夫が芥川賞を受けた記念に、チェコ製の切子の硝子の花生けを贈ってきた。庄野夫人がそれに水を張って貝殻を沈め、玄関に置いたところ、孫のフーちゃんという女の子が遊びに来た。「夢みる夢子ちゃん」といわれたその子が、その貝殻を取り上げて耳にあて、「貝がらを耳に当てると海の音が聞えるの」と言い、妻が自分も「子供のころ、貝がらを耳に当てて海の音を聞いたよ」と応じる、心あたたまる場面だ。やがて夫人は、それを笊に入れて井戸の上にのせて干してから、箱に入れて仕舞った。そして、「貝がらを仕舞ったら、夏が終ったという気がして、さびしかった」と夫につぶやく。こういうほほえましい光景は、チェホフの世界とは微妙に違う。

きっとこれも違うだろう。竹西寛子はモーツァルトの交響曲四〇番、あのト短調シンフォニーに対する感動をこう語る。「悲しみのきわまる時に、人は、涙などおぼえはしない。よろこびのきわまる時にも、人は、歌などうたいはしない」と書き出し、「上質のうすぎぬをまとっているような明るさ」が実は「暗さの淵から見上げた明るさ」であり、「纖細で勁《つよ》い理性」が「甘美へのなだれを防いでいる」ことを見抜く。

そうして、この曲を「深刻に沈むことも、苦しさに濁ることもなく、軽やかに、そしてどこまでも優雅に、端正に撒かれ、重なり、ひびき合う音は、それゆえにいっそうのがれ難い人の世の苦しみを思わせ、はかなさにいて永遠を夢みる心を刺激する」と受けとめる。そういう深い洞察と感動を、こんなふうに詩的に語ってみせた。

同じく随筆『夏草』では、女学校時代の同期会の案内に「被爆した友人の三十三回忌も、学校跡で行う」とあったことを述べ、「夾竹桃の花は今年も紅く咲いて、東京の空は、あの広島の夏と同じように今日も晴れている」と続ける。そうして、「その空に、永久に老いることのない笑顔が浮かんでは消えてゆく」と結んでいる。原爆で命を失ったその友人を激しく思い出しているのだろう。それは深くて暗い永遠の笑顔に感じられたにちがいない。

ずばり『空』と題する随筆でも、この作家の思いは、つねにそこへ帰ってゆく。「黒雲のただならぬ動きや雨足を追う」うちに、「風や雨、雲の、さらに彼方に控えるものの逞しい意志」を思う。「まぶしい夕焼けが伝えるのは、複雑微妙な意匠の厳かな予告」である。「空はずっと昔から空だった」し、「大地の一画が、人間の邪悪と傲《おご》りに燃えさかって灰燼となった日にも、空は深々と冴えわたってやはり空だった」。

しかし、「ひょっとするとこの空にも、人のいのちのような限りがあるのかもしれない」と考えることもある。「人智が未だにそれをきわめ得ていないのは何という救いかと思う」のだ。あまりにも雄大な思考に、読者は笑いかけて黙る。空恐ろしくなるからである。

＊

庄野潤三の『陽気なクラウン・オフィス・ロウ』は、チャールズ・ラムの名残を訪ねる旅の記録である。ラムの『エリア随筆』の終わりのほうに芝居に関するものが三篇あり、そのうちの一つに戸川秋骨が「古い憶い出には何となく人の心を動かすものがある」と訳したくだりが出てくる。そのころは、今のように、贔屓役者だけに夢中になり、そのほかはどうでもいいといった風潮はなく、「ひとことも口を利かない役に至るまで」番付を念入りに見ていたとあるから、現代の映画・演劇好きの一般読者には耳が痛い。

平井正穂訳の『除夜』の一節に、死後の世界をあれこれ想像するくだりがある。「亡霊に冗談を言ったとして、はたして彼は太鼓腹ならぬ痩せ腹をゆすぶって笑ってくれるものか」と想像したりする。あの世では、読書でなく直観で知識を得るのか、また、友情を味わうことは可能なのか、とあれこれ考えをめぐらす。

『幻の子供たち』には「オレンジの温室のなかで日向ぼっこをして、ははは、あの快い温気《うんき》のなかで、オレンジやライムともども、自分も熟してゆく」と想像する場面も出る。こういう想像を「ゆたか」と考えるか、「むなしい」と思うかは、すべて読者側の問題である。

『古陶器』と訳される一編には、姉弟で昔を懐かしむ場面が出てくる。今ほど金のなかったあのころは幸せだったと姉は考える。ちょっと贅沢なものを買うにも、二人で議論して倹約してようやく手に入ったから、買う喜びが今より大きかった。洋服一つにしても、買う決心のつくまで何週間もかかり、まだあるかしらと心配しながら、ようやくたどりついた瞬間の嬉しさ。その意味で、いくらか金のできた今の暮らしより幸福だった気がするというのだ。げらげら笑う話ではないが、読みながら自分の唇がおのずと緩みかけていることに気づく。

＊

チャールズ・ラムを愛してやまない英文学の大家、福原麟太郎は、研究社のローマ字引きの国語辞典の編者でもあり、また、個人の著作集とは別に、自作だけで随想全集を上梓するほど大量のエッセイを執筆している。奥にそこはかとない淋しさ、哀しみを湛える笑い、《ヒューマー》を訪ねて、その陰翳をさまよったこの本、ようやく行き着いた雰囲気が漂いだしたようだ。最後にその福原ワールドを気ままに散策しながら、次第に薄れ、おのずと消えるように終わりたい。

今となっては昔の話になるが、早稲田大学の日本語研究教育センターで外国学生用の日本語教科書を編纂し、刊行した。初級のテキストは日本語教育の専門家たちが何冊か試みていたようだが、われわれ門外漢の口出しできる分野ではない。高校生用の国語教科書の編集に長く携わって統括委員まで務めたというお門違いの経験を頼りに、上級用の日本語教科書のⅠとⅡを完成させたあと、身の程もわきまえず三冊ものの中級編に挑戦した。

その中級Ⅲに浜田広介、あまんきみこ、川端康成、永井龍男、井伏鱒二らとともにに、この福原麟太郎の名も並んでいる。著者没後のことで、掲載許可を願い出た際には、雛恵夫人から達筆の毛筆書簡が送られてきた。

福原エッセイの紹介は、その外国学生用の中級教科書に載った随筆『金銭について』から始めよう。いきなりチャールズ・ラムが出てくる。金を借りる側は「居丈高になって、まるで命令するように、のしかかってくる」。借りられる側は「小心翼翼」、困ったと思っても借りられてしまう。そのとき、「断れない自分を怨むよりも、それだけの金を溜めて持っていた自分が、あわれになってくる」。ラムは、借りられてしまう側から書いている。

福原自身にも、知人に貸した金がついに返って来なかったという苦い思い出がある。たまたま父親が電話を引けと言ってくれた、ちょっとまとまった金が手もとにあったので、断るわけにもいかず、先方が証文を置くというのも、形式ばると思って断り、手もなく貸してしまった。はじめの一、二年は土産を持って言い訳にやって来たり、親父の墓参りに来てくれたりしたが、そのうち連絡がなくなり、今では生きているかどうかさえわからない。

もしもどこかでばったり会ったりしたら、お互いに具合が悪いだろうと、福原は気まずい思いで過ごした。金銭的な損害より、そういう心理的な負担のほうがひどかったという。こうして、結局、友達を一人失った。あのとき、貸さないで、いっそ呉れてやってしまえばよかったのだが、あのころの自分にとっては、あまりにも大きな金額だったとふり返るのである。

シェイクスピアは「貸し手にもなるな、借り手にもなるな」と登場人物に言わせているが、それが「自らの心得」だったのだろう。福原もそう考えているらしい。

＊

『エリートの責任』という一編で、女実業家でも何でもない独身の女性が、つぶれた会社の株主の一人であるというだけの理由で、不渡りになった銀行券を持て余している百姓を見て見ぬふりはしていられず、虎の子の金貨五枚と潔く交換する。これが十九世紀中葉の中流階級の心意気だったという。そうしてみたところでその百姓一人を救えるだけで、配当でやっと暮らしているその老女に、銀行の破産を支える力があるはずはない。冷静に考えれば、自分が犠牲になることで、目の前にいる気の毒な人を喜ばせ、自己満足しているだけだとも言える。

それでも、この話を知ると、なんだか気持ちが潤う。その快さはどこからくるのか。個人の安易な自己満足であるにすぎないとしても、ささやかな株主として、他人に損害を与えた責任を感じているという、いわば浪花節的な感情から発散する、一種のすがすがしさであると、福原は考えるのである。

＊

『古典と人間の知恵』で、あるいは『茶の本』の著者として知られるあの岡倉天心、その弟にあたる恩師の岡倉由三郎の印象深い講義を、福原は懐かしそうにふりかえる。講義といっても大学の講義ではない。新年に弟子を集めて「酒肴を饗応し、ブラウニングの詩を講義する」慣例があったらしく、その折に聴いた「アンドレア・デル・サルトー」という独白詩の話である。漱石の『吾輩は猫である』の冒頭近くで、美学の迷亭が苦沙弥に得意げに説明する、あの文芸復興期のイタリアの画家である。

その正月の特別講義では、アンドレアはそれほどの腕をもちながら、精神が行き着かず、「天上に昇らない」。ラファエロの絵を見ながら、「腕のつけ方なんか間違っている」と直してみせるほどの腕の持ち主だ。デッサンを直される側のラファエロの絵は、心や魂の力で「天へ昇っている」と、サルトーは羨む。

そんな岡倉先生の講義中、福原は「技術は無上にすぐれていても、精神が、魂が天上に昇らない画工、英語の教師にも小説家にも、そんなのが沢山いる」と思いながら、「わが身の上をしかられているような心持で」その席に坐っていたことをいまだ忘れない。

ブラウニングは十九世紀の英国の詩人だが、「古典の名に値する」作も多く、「そこには人生の知恵が歌われている」として、「ベン・エズラ先生」の第一行「われとともに老いよ」を引用する。「最上のものはこれからくるのだ」と続くその呼びかけは、「老師の口にふさわしいよい言葉」だと福原は高く評価する。そして、古典はそういう人生の知恵を蓄積、貯蔵してきたものであり、いわば「人類の叡智」

なのだと福原は襟を正す。

*

『泣き笑いの哲学』で、福原はまずチェホフに言及する。その作品では、登場人物が「ほほえましき存在」であり、「寂しき人々」であって、そこに「人間常住の姿が描かれて」いることに感激したという。その一例として『カメレオン』という滑稽な小品を紹介する。誰かが犬に指先を咬まれると、警察官はその犬を殺し、飼主を処罰すると居丈高になる。ところが、飼主が将軍であると聞くと、とたんに、咬まれた人間を叱りつけ、そうでないとわかると、また威張る。いや、将軍の客人の犬だと訂正されると、またひるむ。そんな他愛もない筋だが、意味深いものを感じる。権力を恐れる警察官を憐れむ気持ちに読者がなるのは、自分たちの中にもそういう弱さがあることに気づくからだ。

いろいろな書き方があるなかで、こういう文学表現を選ぶのは、作者チェホフの人間観によると福原は考える。このように、表面、誰が読んでもおかしく書かれていることが、他面、悲しく感じられる場合は、悲しいほうが隠れている哲学から生れるのであろうと結論づける。

逆に、誰が見ても悲しいものが、他面おかしいと感じられることも、たしかにある。それは、おかしくものを見る哲学が、その裏にあるからだ。結論的に言えば、おかしいことと悲しいこと、悲しいこととおかしいことが一つになる境地が存在する、ということである。

おかしくて悲しい、悲しくておかしい、背中合せの泣き笑いというものがこの世にある。わが国の「諸行無常」という伝統的な考え方は、さしずめ、そういう泣き笑いの文学の悟りと見られる。それが本来の「ユーモア」だが、日本語で「ユーモア」と言うと、単なるおかしみ、滑稽、駄洒落などのイメージが強いため、ここでは特に「ヒューマー」と呼んで、それと区別しておく。

永遠の真理を、深刻ぶらずに、平気な顔で軽く語る。そういう、心にくいまでの皮肉な深みに近いのかもしれない。

『エリア随筆』で知られる英国のチャールズ・ラムは、そういう笑いを好んだ。仏教で「すべては無に帰す」と考えるところを、ラムは「愚に帰する」と考え、「はかなさ」の代わりに「愚かさ」を据えた。人はどんなに偉くても、栄えても、すべては「愚」に還元されると考えたのだ。そう考えると、「人間はおかしくて、悲しい」存在に思えてくる。

＊

福原自身が語学教師の「業《ごう》」のように、いつも辞典を引いてしまうのも、傍目にはそう見えたかもしれない。文章を書こうとすると、シェイクスピアやブラウニング、あるいはほかの誰かの本を開いてみることが多い。すると、必ずと言っていいほど、自分の知らない単語が出てくる。こんなにも長く、ずうっと語学教師をしてきたのに、それでも見たことのない単語にぶつかる。そうすると、必ず辞書を引いて調べるという。前後関係で全体の意味がわかるときでも、どんなときでも必ず引いてみる。今さら覚えても、もう一生の間、二度と出会うことのなさそうな単語であっても、辞書で調べないと気が済まない。今後の役に立たないとわかっていても、辞書を引かないではいられない。

まさしく語学教師の業みたいなもので、効率的には、ほとんど無駄な時間だ。将来に役立つためではなく、「今日を完全にして、心おきなく明日を迎えるため」なのだという。人間、誰しも、何かしら、そういうところがある。これも人間というものの、ある意味での愚かさ、そういうものの一面と言えるだろう。

＊

『四十歳の歌』に移ろう。「人生は四十から」などということばを聞くと、「やい、神妙にしろ」という気持ちになるという。そのころの四十歳は、人間が長生きになった今日では、五十歳過ぎから還暦近くという年齢のイメージに近いかもしれない。福原にとって、それは、さあ、これからと意気込むような年齢ではない。むしろ、「蕭条として心が澄んでくる、あきらめのすがすがしさを身にしみて覚える」年ごろなのだという。いわば人生の秋にあたる。これからの自分に何ができて、何ができないか、という見きわめがついて、むしろ、心落ち着く年齢なのだというのである。

のびやかに縁側で昼寝をしたくなる、静かな小春日和を待つ時期だと、円熟した比喩で説き、これから先は、自分にできることを力いっぱいにやり、「秋の夕陽の中で、静かに熟れてゆこう」と結ぶ。

＊

ずばり『イギリスのヒウマー』と題する随筆に「われ愚人を愛す」として、チャールズ・ラムのしみじみとした笑いを紹介するくだりがある。げらげら笑うような滑稽ではなく、「人生の味のごときものに堪能する」ラム作品だ。『倫敦マガジン』の四月一日号に掲載した「万愚節」と題するエッセイで、チャールズ・ラムは、こともあろうに、「天下の愚か者」を並べたてる。いわば愚人列伝である。

ギリシャの哲学者エンペドクレスは、仙人になったと人々に思わせるため、噴火口に飛び込んで死んでしまう。山を下りて来ないところを見ると、天に昇ったと思わせるためだ。ところが、履いていた靴が片方、噴火の煙の中から降ってきて、せっかくのもくろみがばれてしまう。これが愚人第一号。

砂の上に家を立てた人ももちろん愚人に属する。キリストを迎える乙女たちのうち、会いたい一心で、肝腎の灯火の油を用意するのを忘れ、会えなかった人もそうだ。

賢い人よりも、そういう愚かな人間のほうが頼もしく、親しい存在に思える。つまり、自分は馬鹿が好きなのだと言う。まさに愚人礼讃の文章である。

ラムの友人である詩人のジョージ・ダイアーは奇人で風来坊で非常識。その人物がラムの家を訪ねた帰りに、道を曲がるのを忘れ、まっすぐ歩いて行ってしまったため、小川に転落する。気を失っているのを救助され、息を吹き返して最初に発したことばが、なんと、「靴は陰に干してくれ、日向に出すとひび割れるから」という細かい注意事項だったという。危うく命拾いをした人間が真っ先に口にしたことばとはとうてい思えない。周囲の人間は唖然として眺めていたような気がする。しかし、常識的なものさしでは測れない、この博士にふさわしい言動とも言えないことはない。福原はこの話が大好きだと述べ、『エリア随筆』でなく、ラムの書簡にあったのかもしれないと補足している。

＊

『英京七日』と題するエッセイは、戦後間もないころ、英国からの招待で二十四年ぶりに英京ロンドンを訪問する、あわただしい団体旅行の報告である。オックスフォード大学で古代英語の教授に会い、女性と学問という話題を向けると、「女の先生を取るときは、なるべく美人を選ぶ」と言い、「早く結婚して、辞職するから」と事情を説明して笑った。そうして、東京帝国大学はどうなったかと問う。「帝国」が無くなったと答えると、「へ、何てことだ」と一蹴される。宿はウェストミンスターにあり、外へ出るとすぐその塔を眺めることができる。

ある日の午後、議事堂の建物を仰ぎ、ウェストミンスター橋の欄干に寄って、福原はしばらくテムズの川波を眺めていたらしい。

自分で訪ねることは一生ないだろうから、ラムに敬意を表して、せめてその川に名刺を流してくれと知人に頼まれていた、その約束を果たすために、その人の名刺を取りだし、水の上に落とす。「名刺は、ひらひらと舞い、川風にゆられて、なかなか水にとどかない。実に美しく飛行しながら、やっと波の上に身をまかせた」とある。「ウォータール橋、ロンドン橋と、どのくらいまで沈まないでいったろうか」と福原が書いているのは、その行方をずうっと目で追っていたからだろう。まさに人の情けが横溢しているように読める、心あたたまる一節である。

*

それから何十年も経って、その川波を眺めた人もある。庄野潤三の『陽気なクラウン・オフィス・ロウ』は、チャールズ・ラムの足跡を追うロンドン紀行だが、自分の名刺をテムズ川に落とすよう福原に依頼した人物についてもふれている。

当時、朝日新聞出版局に勤務していた文筆家、十和田操、本名は和田豊彦。福原に「英文学」という大冊の著書の執筆を依頼、折にふれて自宅を訪ね、書きあがった原稿を受け取る。福原が「随筆的」と評したその不定期の訪問を三年続け、ついに四百五十枚に及ぶ原稿を完成させた。これぞまさしく「友情のたまもの」と、福原は「折しも庭に咲き誇っている桃の花を眺めながら、感慨に耽る」。

＊

他方、感性の違う冷静な読者は、そんなことをして何になると、ばかばかしく思うかもしれない。事実、ラムにとっても、十和田にとっても、福原にとっても、具体的には何の効果もない。川がほんの少し汚れるだけで、その流れにも、ロンドンという街にも、ほとんど影響を与えない。すべては人間の心の問題であり、それにすぎない。だが、チャールズ・ラムは、あるいはラムを愛する人間は、そういう何の役にも立たないことにとらわれる人間の愚かさが好きなのだ。

英国訪問といっても戦後間もなくのことゆえ、なにしろ日程が詰まっている。「遠慮会釈あって実に丁重にひっぱりまわされる」と福原が奇妙な一文でそのエッセイを書き出したように、招待した英国側の扱いがいかにも丁重をきわめたとはいえ、ひどくハードな強行日程だったようだ。「夜は綿のごとく疲れて風呂へも入らずにねてしまう」ほどの強行軍、その寸暇を割いて、福原は宿を抜け出し、恩人十和田操との懸案の約束を果たす。テムズ川に落とした名刺が「ひらひらと舞い、川風にゆられて」「美しく飛行しながら」ようやく川波に乗って静かに流れ去る。十和田の想いを運んで流れ去る名刺の行方を、福原はしばらく目で追い続けていたのだろう。

その日から長い年月が経ち、チャールズ・ラムゆかりの地をたずねまわる機会が訪れてロンドンに渡った庄野潤三は、まわり道してウェストミンスター橋を訪ねる。議事堂の後ろにビッグ・ベンの時計塔の見える場所から、「白い船が行き交う」テムズ川の「満々たる水の流れ」に目をやる。そうして、三十年も昔に福原が果たした無為の行動、ばかばかしいまでに子供じみた、あの美しい行為の跡をたどる。庄野もしばし感慨にふけったことだろう。

＊

肝腎のチャールズ・ラムは、一七七五年に、ロンドンの法学院インナー・テンプル構内で生まれた。生粋のロンドンっ子だけに、雅やかで洒脱で妙に人間くさい。名門クライスツ・ホスピタル学院に入学し、優秀な生徒だったようだが、大学に進学せずに途中退学し、やがて南洋商会に入社して社員生活の第一歩を踏み出す。ほどなく東インド商会に転じ、会計係として帳簿を前に几帳面に働いて、五十一歳で定年退職。その間、父親から受け継いだ狂気への不安に悩まされていたようだ。十一歳年上の姉メアリーには、そういう血が実際に色濃く流れていたらしい。

やがて、その姉は、自分が裁縫を教えている女の子と口論になって逆上し、仲裁に入った母親を刃物で刺殺するという悲惨な事件に発展。職場から駆けつけたラムが、姉の手から刃物を取り上げたらしい。が、その悲劇でラムはいっそう自身の発狂への不安を意識するようになったようだ。やがて詩人として名をなす友人のコールリッジへの手紙にそのことを記している。ともあれ、この悲惨な事件が、ラムのその後の生涯に、致命的な傷痕を残したことは否定できない。

姉の面倒を見るかたわら、まれには人並みに恋もした。最初の相手は、自作の詩に金髪の乙女アナとして謳い、『エリア随筆』にアリスとして登場するアン・シモンズ。

もう一人は、女優のファニー・ケリー。お互いにもう若くはない。相手は思慮分別を心得た女性で、その結婚申込みを丁重に断ったという。

こうして、どちらの恋も実らなかったのは、それぞれの事情もあろうが、やはり、そういう血への不安が影響しているのだろう。

＊

その最後の失恋の翌年正月、ラムは「南海商会」と題する随筆を執筆する。雑誌

『ロンドン・マガジン』に寄稿するためである。自分の文才を認めてくれた主筆のスコットが、しかし、その後、相手の男と決闘する事態が生じ、敗れて死亡するという不慮の災難に見舞われる。

だが、幸い、その後も雑誌社との縁は続き、随筆の掲載が続いた。その結果、のちに随筆集としてまとまり、『エリア随筆』としてこの世に残った。

事実や思いを書きつづる随筆ではどうしても家庭内のことに言及することが多くなる。姉の悲惨な事件を隠すため、筆者の本名を伏せて「エリア」と名乗ったものと思われる。

その仮の名として、前の会社の同僚であったイタリア人の名を無断で借用した。そのことを白状して一緒に笑おうと、自分が訪ねた折には、相手がすでに死亡していたということになっている。が、翻訳者の一人である平井正穂は、もしかすると、それは事実ではないかもしれないと疑っている。話の流れがあまりにも劇的すぎると考えたのかもしれない。

そういえば、ラムは自分の会社へ通勤する、その「往き還り」の道すがら、毎日、洒落を六つずつ考えることにしたという。何ということだろう。翌日、人前で面白い話をして座を盛り上げる予定があるとか、何かよほどの必要がないかぎり、人は誰もそんな妙な試みを実行しないし、思い立ちもしない。

ラムの習慣、この奇行も、何か差し迫った必要があって始めたのかもしれない。ひょっとすると、肉親から引き継がれた遺伝として、そういう自分の血に潜んでいる狂気、そういうものに対する漠然とした不安を紛らすための、一つの必死な試みだった。そんなふうに考えられないこともないからである。

＊

福原は『泣き笑いの哲学』と題する随筆で、「ラムを読んでいると、人間の愚かさを愛するという気持になってくる」と書いた。そうして、仏教ですべてを「無に帰する」ということが、ラムの場合は「愚に帰する」ということになる、と述べた。「あらゆるものの価値を《愚》にまで還元してゆく」。自分は馬鹿が好きなのだ。賢い人よりも、馬鹿な人のほうが、ずっと頼もしく、何倍も親しく感じられる、とラムは言う。人間の「はかなさ」を「愚かさ」ととらえなおすのだ。人間はおかしくて悲しい存在だと、ラムは考えているのである。

庄野潤三は『陽気なクラウン・オフィス・ロウ』の「あとがき」で、「わが国のラム支持者の先達である平田禿木、戸川秋骨の評伝、訳業の恩恵を受けた」と書き、それに岡倉由三郎を加えた三人が、若き日の福原さんをラムに結びつける上で力があったと述べている。その福原麟太郎の随筆のおかげで、われわれ孫弟子たちはラムに近づき、やがて、「馬鹿」が無性に好きになっていく。

*

福原が戦後にロンドンを急ぎ訪問したそのころも、英国人はまだ「懶惰」の風情を大事にしていたようだ。九時から仕事を始め、ほどなくお茶で小憩、昼休みや午後四時からのお茶の時間をゆったりと過ごし、酒場の開く五時には退社。ある人びとは、酒場が扉を閉じる十一時まで飲み歩く。仕事中もたばこをくわえたままだ。

器械に使われているのではなく、こんちくしょうと思いながら、あくまで人間が器械を使っているという、そういう風情が気に入ったと福原は言う。なんだか「悠々として能率を上げている」ように見えるからだというのである。

これは、英国人が懶惰だというより、「懶惰という風情」が好きなのだ、と福原には思われる。お国柄として、今でもそうなのかどうか、現状は知らないが、もし依然としてそういう風情を残しているとすれば、人間として、ある意味で、大人なのかもしれない。

そういう英国人の考える笑い、ヒューマーというのは、ものごとを別の角度から見直して、「あらゆる人事の執着を無価値にしてしまう、価値転換の術」だと、福原はまとめる。誰かが「人生は退屈だ」と言えば、「退屈なのが人生、面白いようでは退屈の最たるもの」と応じるのかもしれないと、ラム風に本音をはぐらかす。

あとがき

まだ煉瓦塀に囲まれ歩哨小舎も残る赤羽練兵場の跡地。その一画にあった昔の国立国語研究所に勤務していたあのころ、昼休みにはほとんど毎日、車庫の二階にあった卓球場で汗を流した。三島由紀夫決起の第一報に接したのもその場所だ。国語学の看板を掲げながら、やたらに作家訪問の生々しい記録を雑誌に掲載している変り種だから、著名な作家の突飛な行動を知らせようと、この時間にいそうな場所を探し当てたのだろう。

夏には恒例の所轄機関対抗のバレーボール大会が開催され、所員の何人かはオール文化庁の一員として出場する。当時の公務員の休日は土曜の午後と日曜日しかないから、その一日半で、八チームの総当りを強行する。それも体育館でやるのはほんの一部で、ほとんどの試合が外のコートで行われる。汗で塩分が不足するから、試合慣れしているベテラン選手など、持参の塩をなめながらプレーを続ける。そういう真夏の大会で、セッターとして炎天下に七試合をこなし、二部優勝を果たしたのを記念に現役を引退した。

国語研究所だから、むろん勤務時間は国語の研究に専念する。八丈島の方言調査や岡崎市での敬語調査、四半世紀ごとに実施される鶴岡市での定期的な言語生活調査などの共同研究はもちろん、比喩表現に関する個人研究も続けて、それぞれの報告書を執筆し、刊行する。それらが主要な任務だが、同僚に勧められて言語学研究会に参加し、夜まで議論するときまって酒になる。そんな時期もあった。おまけに大学の講義もあれこれ担当していた記憶もある。こうして今ふりかえってみると殺人的な忙しさに思われるが、当時はまだ若かったから、夢中だったのだろう。よく体力が続いたものだ。

これだけでも呆れるほどだが、よく考えてみると、まだある。それも大物が残っている。先輩の誘いで国語辞典の執筆や編集にまで手を出したのだ。出版にこぎつけぬまま途中でなぜか姿を消した某有名書店の幻の企画もあった。狐につまれない最初は、『角川新国語辞典』の編集委員に任命されて、編集会議の終了後、きまって酒肴の饗応にあずかり、学長二人を含む国語学専門の大先輩たちと歓談できたのは貴重な体験となった。

辞典以外の一般著書としては、筑摩書房や岩波書店からの刊行が多く、国語辞典以外の各種辞典類としては、角川書店の『比喩表現辞典』が最初で、以降は岩波書店や東京堂出版が多く、近年は講談社学術文庫に入った『文章作法事典』もある。

国語辞典の編集の仕事に主体的、本格的に携わったのは『集英社国語辞典』が最初だった。企画が正式に出発する前の編集プロダクションの準備段階から、辞書の相談といっては、夢を語って飲み歩き、素人ならではの珍奇なアイディアを用意して玄人を呆れさせた。国語項目を充実させるのはもちろん、国語辞典一冊でいわば小さな百科事典を兼ねるという大胆な理想を掲げて、正式の編集会議に臨んだ。討議の末、主要な百科語を大量に収載し、改訂のたびに見直して、その時代に合った項目と入れ換える方針の総合的な国語辞典をめざすこととなり、スタートして現在は第三版に達している。よほどの通でない限り、何冊も辞典をそろえる時代ではないから、国語辞典で簡単な知識を得、詳しくは各種辞典を参照するという方向性を確立した。

どういう風の吹きまわしか、若造の身で「編者のことば」の下書きまで依頼されるという椿事が勃発し、思いがけない光栄に緊張しつつ拝受。版を改めるごとに冒頭の挨拶の初稿を試みてきた。ひょっとすると、一ッ橋文芸教育振興会の評議員を長く務めるきっかけになったのかもしれない。それにしても、『集英社国語辞典』の編集委員のなかで、どうして自分だけが選ばれたのか、ずっと疑問だった。その就任依頼を巻紙に毛筆でしたためた達筆の担当者は、なにしろ幕下時代の大鵬と酒を飲んだという人物だから、当時もすでにそれ相応の年齢だったはず、今となっては、もはや確認するすべはない。

国語辞典の正式の企画会議は本社などで開かれるが、それとは別に、実務の打ち合わせで編集担当者と意見調整する機会も多く、たびたび編集室を訪れた。その折、ビルの階段を昇降するたびに「青土社」という看板を目にした。当時はまったく縁がなかったから、ああこれが現代の詩と思想を扱う出版社だなと思って通り過ぎた昔を思い出す。

それが今やその青土社から『日本語のおかしみ』『美しい日本語』『日本語の作法』『五感にひびく日本語』『日本語の勘』『日本語名言紀行』『日本語人生百景』と著書の刊行が続き、『心にしみる日本語』と題する今度のこの本が実に八冊目の著書となるのだから、人生はわからない。

それらの多くの著書の表紙を彩ってきた夢淡き風景画の作者、安野光雅画伯が逝去された。岩波書店から出した『日本語 語感の辞典』が話題を集めて、新聞各社のインタビューが続いたあと、NHKラジオの長時間番組「日曜喫茶室」に招かれ、常連客役のレギュラーだった安野さんや、同じくゲスト出演のリンボウ先生こと林望さんと、たまたま小金井市在住の三人で、名曲の合間に、「語感」その他の話題をめぐり、終始なごやかな雰囲気で楽しくおしゃべりした。

それが安野さんとの初対面。その縁で、ちくま文庫『小津映画 粋な日本語』の表紙に、小津監督の肖像を描いていただいたこともある。武蔵小金井の駅前の喫茶店に呼び出され、その折に持参した英国コッツウォルズ地方の蜂蜜の壜を、懐かしそうに眺めていた温顔が今でも目に浮かぶ。そのあたりの田園風景を写生してまわった頃を思い出したのかもしれない。「わりによく描けた」というその当人から、小津監督を描いたその原画に、目の前で署名してもらい、喜び勇んで持ち帰った。その肖像画は今もわが家の応接間の棚に飾ってある。参考資料として、その表紙で始まる、ちくま文庫の著書も添えてあるが、そちらを話題にする来客はほとんどない。

こんなところに並べて書くのはためらわれるが、このところいつも、著書の「あとがき」の結びに登場していた、わが家の愛犬アーサー殿下が、今年の五月二十三日に、たぶん天国にいる先輩のロイスやディケンズのもとに旅立った。毎年の年賀状でも人間の家族と連名で挨拶していただけに、今からその空白が気になる。それ以上に、心の空白は深い。

だが、いいこともある。この著書の企画が実現して青土社から刊行されることとなり、担当者も引き続き村上瑠梨子さんに決定した。編集はもちろん、造本についても抜群のセンスの持ち主、また淡彩の安野光雅独特の夢の漂う雰囲気に包まれるか、いずれにせよ魅力にあふれる仕上がりが待ち遠しい。どうやら今晩も、なじみのヱビス麦酒から、ブルゴーニュの葡萄酒へと楽しい時間が展開することだろう。

二〇二三年　中秋

永く狭い庭の夏を彩ってくれた百日紅も色衰え、
池畔の梔子の白い芳香消え残る

東京小金井市東南の自宅にて

中村明

中村 明（なかむら・あきら）

一九三五年九月九日、山形県鶴岡市の生れ。県立鶴岡南高等学校を卒業。早稲田大学第一文学部国文専修を卒業（論文指導：波多野完治）。早稲田大学大学院日本文学専攻（国語学）修士課程を修了（指導教授：時枝誠記）。研究分野の関係で近代文学の稲垣達郎ゼミにも参加。国際基督教大学助手として外国人学生に対する日本語教育を担当。同大学生え抜きの女性教員と結婚したために退職。東京写真大学（現：東京工芸大学）工学部専任講師を一年、翌年、国立国語研究所員となり長く勤めた。室長の時期に成蹊大学教授となる。その間も早稲田大学の非常勤講師を兼ねていたが、五年後、正式に母校早稲田大学の教授となり、日本語研究教育センター所長、大学院文学研究科専攻主任等を経て、現在は名誉教授。その間、非常勤講師として東京学芸大学・お茶の水女子大学・大阪大学・近畿大学・実践女子大学・青山学院大学・国際基督教大学その他の大学で講義を担当。

著書・編著書に『比喩表現の理論と分類』（秀英出版）、『比喩表現辞典』『手で書き写したい名文』（角川書店）、『作家の文体』『名文』『現代名文案内』『悪文』『文章作法入門』『たのしい日本語学入門』『文章工房』『文章の技』『笑いの日本語事典』『比喩表現の世界』『小津映画 粋な日本語』『人物表現辞典』（筑摩書房）、『日本語レトリックの体系』『日本語文体論』『笑いのセンス』『文の彩り』『吾輩はユーモアである』『語感トレーニング』『日本語のニュアンス練習帳』『日本の一文30選』『日本語 語感の辞典』『日本の作家 名表現辞典』『日本語 笑いの技法辞典』『ユーモアの極意』（岩波書店）、『文体論の展開』『文章プロのための 日本語表現活用辞典』『小津の魔法つかい』『日本語の美』『日本語の芸』（明治書院）、『文章をみがく』（日本放送出版協会）『文学の名表現を味わう』（NHK出版）、『文章力をつける』（日本経済新聞社）、『センスある日本語表現のために』（中央公論社）『日本語のコツ』（中央公論新社）、『名文・名表現 考える力読む力』『文章作法事典』（講談社）、『漢字を正しく使い分ける辞典』（集英社）、『新明解 類語辞典』『類語ニュアンス辞典』（三省堂）、『日本語表現に自信がつく本』『日本語の「語感」練習帖』（ＰＨＰ研究所）『名文作法』『文体トレーニング』（ＰＨＰエディターズ・グループ）、『現代日本語必携』（學燈社）、『感情表現新辞典』『分類たとえことば表現辞典』『日本語の文体・レトリック辞典』『センスをみがく文章上達事典』『日本語描写の辞典』『音の表現辞典』『文章表現のための辞典活用法』『文章を彩る表現技法の辞典』『類語分類感覚表現辞典』（東京堂出版）、『日本語のおかしみ』『美しい日本語』『日本語の作法』『五感にひびく日本語』『日本語の勘』『日本語名言紀行』『日本語人生百景』（青土社）など。

共著に『中学生の漢字習得に関する研究』（秀英出版）、『企業の中の敬語』（三省堂）。共編著に『講座日本語の表現』全六巻（筑摩書房）、『テキスト日本語表現』『表現と文体』（明治書院）、『三省堂類語新辞典』。『角川国語辞典』『集英社国語辞典』編集委員。『日本語文章・文体・表現事典』（朝倉書店編集主幹）。

日本文体論学会代表理事（現在は顧問）、表現学会常任理事。高校国語教科書（明治書院）統括委員。一橋文芸教育振興会評議員。鶴岡総合研究所の研究顧問などを歴任。

心にしみる日本語

極上のユーモア

2023 年 11 月 20 日　第 1 刷印刷
2023 年 12 月 5 日　第 1 刷発行

著者　中村 明

発行者　清水一人
発行所　青土社
東京都千代田区神田神保町 1-29　市瀬ビル　〒 101-0051
電話　03-3291-9831（編集）　03-3294-7829（営業）
振替　00190-7-192955

組版　フレックスアート
印刷・製本所　双文社印刷

装幀　重実生哉
装画 『繪本　歌の旅』より「たき火」

Printed in Japan
ISBN 978-4-7917-7604-7